龙驹镇在脱贫攻坚实践中获得的部分荣誉：

2016 年 7 月，龙驹镇人民政府被评为全国先进基层党组织

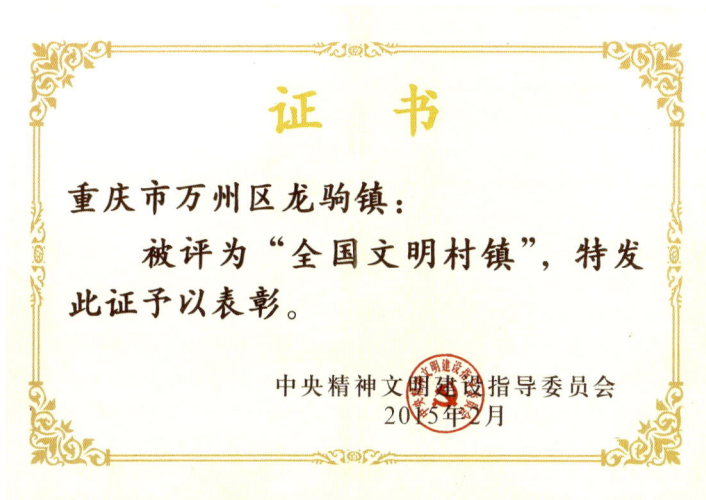

2015 年 2 月，龙驹镇被评为"全国文明村镇"

# 证　书

重庆市万州区龙驹镇龙溪村：

经审核，你村（镇）发挥资源优势，培育特色产业，创响乡土品牌，被认定为全国"一村一品"示范村镇。特发此证，以兹鼓励。

农业农村部
二〇一九年九月

2019 年 9 月，龙驹镇龙溪村被认定为全国"一村一品"示范村镇

重庆市万州区龙驹镇

## 全国科技助力精准扶贫

## 示 范 点

全国科技助力精准扶贫工程领导小组办公室
2019年11月

2019 年 11 月，龙驹镇被评为全国科技助力精准扶贫示范点

# 爱倾扶贫路

张奎 著

中国言实出版社

图书在版编目（CIP）数据

爱倾扶贫路 / 张奎著 . -- 北京：中国言实出版社，2020.7
ISBN 978-7-5171-3512-8

Ⅰ . ①爱… Ⅱ . ①张… Ⅲ . ①报告文学—作品集—中国—当代 Ⅳ . ① I25

中国版本图书馆 CIP 数据核字（2020）第 123723 号


出 版 人　王昕朋
责任编辑　张国旗
责任校对　宫媛媛


出版发行　**中国言实出版社**
　　　　　地　址：北京市朝阳区北苑路 180 号加利大厦 5 号楼 105 室
　　　　　邮　编：100101
　　　　　编辑部：北京市海淀区花园路 6 号院 B 座 6 层
　　　　　邮　编：100088
　　　　　电　话：64924853（总编室）　64924716（发行部）
　　　　　网　址：www.zgyscbs.cn
　　　　　E-mail：zgyscbs@263.net
经　　销　新华书店
印　　刷　北京温林源印刷有限公司
版　　次　2020 年 7 月第 1 版　　2020 年 7 月第 1 次印刷
规　　格　710 毫米 × 1000 毫米　1/32　7.75 印张
字　　数　158 千字
定　　价　43.00 元　　ISBN 978-7-5171-3512-8

# 序

　　龙驹镇是川东门户，有"皇王劈议川湖界，四海立定楚蜀关"的关隘为证。龙驹是贸易往来之重镇，有"阜通南北兴商贸，物集东西冠江南"的诗句为证。史书记载，公元230年，蜀汉在这里设置南浦县治，宋代设置南滨慰司，公元1279年设龙渠县，明清时乡镇更迭，及至今时设为龙驹镇。

　　千余年的历史，在这块土地上沉淀下无数沧桑的斑驳痕迹。茶马古道上的吆喝，乡民演绎出的山里情歌，至今传唱不息。兵家要塞重镇，留下许多刀光剑影的故事，特别是刘伯承和贺龙两位元帅统军留下的战斗诗篇，更为这块土地增添了浓墨重彩的一笔，革命火种传遍这块土地的每个角落。由陈正南、刘孟亢和高天柱领导的地下党组织、川东区委及游击队，活跃在齐岳山的山山岭岭和村村寨寨，为此地注入红色基因，闪耀着绚丽的历史光辉。新中国成立后，龙驹镇进入了一个新的历史时期。

　　时代的潮流滚滚向前，伴着改革开放的步履，龙驹镇人民群众在争先恐后的拼搏中，奉献激情，消灭贫困，持续改变着山乡的模样。由于地处大山深处，受自然环境限制，产业经济发展滞后，传统的刀耕火种很难有效铺筑起脱贫致富奔小康的通途。于是，龙驹追梦的身影就落后了下来，甚至名列重庆市的 18 个重点深度贫困乡镇名单。摆脱贫困的愿望，成为全镇人民对美好生活向往的铮铮呐喊。

在这块面积为 247.9 平方公里的土地上，共有 16 个行政村、5 个社区，112 个小组，14893 户，5.13 万人。其中，贫困户 2352 户，贫困人口 7796 人。脱贫攻坚的担子，何止千斤万斤！但各级党委、政府坚强地带领人民群众，发扬龙马精神，在脱贫致富奔小康的道路上，殚精竭虑奋进着，克难破阻拼搏着。

2015 年 11 月 29 日，中共中央、国务院发布了《关于打赢脱贫攻坚战的决定》，乘此东风，重庆市科技局牵头的市、区两级 31 个部门单位组成扶贫帮扶集团，派出扶贫第一书记和扶贫队员 130 人，进镇驻村入户开展扶贫工作。积极以党的政治建设为统领，创新采取"一村一品牌、一镇一特色"模式，探索实施了"在乡能人创业，外出返乡创业，市民下乡创业"的"三乡归雁工程"，全力推出主导产业"一个标准园区，一片规模基地，一个加工车间，一个电商平台"的"四个一"发展体系，形成了"果菌药茶椒＋生态畜禽"的产业格局，培育发展新型农业主体 114 个，新增群众就地就业岗位 2500 多个，实现年劳务收入 3000 余万元。特别是在"资源变股权，资金变股金，农民变股民"的"三变"改革中，贫困户入股产业基地分红 500 余万元，空心化的村集体经济增收 200 余万元。2019 年 10 月，龙驹镇龙溪村被农业农村部评为第九批全国"一村一品"示范村，梧桐村被重庆市评为"一村一品"示范村。11月，龙驹镇喜获全国十佳"科技助力精准扶贫示范点"的光荣称号。

2020年是全面打赢脱贫攻坚战的收官之年，回眸过往，龙驹镇的脱贫攻坚战中，有各级党政领导身先士卒的积极作为，有第一书记发展产业的辛勤付出，有扶贫队员谋划脱贫的操劳担当，有不负扶助、自强不息实现脱贫致富的先进，更有身残志坚、敢向贫困宣战的不屈典型……

为把这些故事记录下来，中国农业银行重庆市分行派驻龙驹镇的扶贫队员张奎同志，深入各个村组和社区进行采访，写成爱倾扶贫路上的系列故事，由驻镇扶贫工作队队员骆孟鑫、周帆和杨帆共同整理，推出50个典型脱贫攻坚故事。力图通过故事反映的点点滴滴和方方面面，由小见大，全景式地把奋斗不息的龙马拼搏精神展现出来，以铭记这段光辉灿烂的历史。

50个感人的脱贫攻坚故事，品之如诗！诵之如赋！

中国金融作协主席
中国金融文联副主席　　阎雪君
中国作协全委会委员
2020年6月26日

# 目录

# 栽下梧桐树　引得凤凰来

　　听到"梧桐村"这个名字，你一定会想起"栽下梧桐树，引得凤凰来"的妙语佳句。若是两年前来到这里，不光梧桐树上的凤凰见不着，就是地上的鸡，也看不到有几只。如今，从山东汶上县引来的芦花鸡，却成了这山中"金凤"，引吭高歌连连，嬉戏追闹阵阵。

　　用128元买上一只，热炖炉上，取清酒一壶，观瑞雪飞花，听扶贫第一书记白新亮讲个中故事，定会让人欣叹不绝，赞许十分。

　　那是2017年9月，从重庆市工商局派到梧桐村担任第一书记的白新亮来到村里，他说，刚听到这个村的名字心头暗自喜乐，觉得这一定是个好地方。即使村民没有自己想象的那般殷富，起码也不至于太贫穷，要不哪儿会有这么好听的村名？

　　可是，在村支书郎定高带他走遍6个村民小组后，他对这个面积8.1平方公里，斜坡度75%，海拔在600米至1200米之间，住着940户、2887人的村子，突然就产生了不一样的认识。在这个山高坡陡无平地的地方，不仅村民没富得流油，而且村里集体经济也空无分文，与98个贫困户相比，不相上下。他不知道自己这个第一书记该从何处下手开展工作。

当看到其他村子产业发展得轰轰烈烈，扶贫项目频频落地，扶贫效果日渐显现的时候，引领全村脱贫致富的压力，让他急在心头，紧锁眉梢，并非功利心作怪。

这该怎么办呢？就在"喊天天不应，叫地地不灵"的辗转反侧中，还是"梧桐村"这个好听的名字给他带来了灵感——村为梧桐，当栖金凤！

何不养鸡呢？借用吉瑞之名，养出来的鸡也许能成山中金凤，以应验"梧桐村"这个深含期盼寓意的好名字。

白新亮兴奋起来，畅呼起来！可是，当他把这个想法向村两委干部提出来的时候，大家却觉得没多少新意，或许有人认为这是一个坐办公室的人不接地气的一时冲动。如果养鸡能发财致富，梧桐村的村民早就干起来了，还要他来提醒？他说仅靠单打独斗、小打小闹、玩玩耍耍去养鸡，绝对不可能成气候。这里有个经济学上的规模效应问题，要干就干大的，要上规模、上档次，要实行产业化、集群化、规模化和现代化。这一连串高大上的构想，可把大家惊呆了。那么大的养殖企业去哪里找？那么大的投入资金从哪里来？那么高的档次怎么达到？面对这么多的问题，大家在心里暗自发虚，觉得多半是"闺女打亲家，空口说白话"。

见大家心生疑虑，白新亮说一切事情由他操办，只是在找到资金、项目落地时，希望得到大家的积极支持。

既然第一书记把话说到这个份儿上了，村里又没能力掏出半分钱，损失全然与村里不相干，那么村里就送了个顺水人情，口头答应了给予支持，让他先把这场戏唱起来再说。

约莫是初冬时节的时候，村里来了一位名叫牟桔丰的养鸡老板，此老板看上去30岁左右，白新亮介绍说他是重庆铭森晟祥农牧科技有限公司老总，军人出身。他那个企业养的鸡可不一般，是从山东汶上县引来的芦花鸡。芦花鸡原产于山东汶上县的汶河两岸，因羽似芦花而得名。该鸡耐粗饲，抗病力强，产蛋较多，肉质好，深受人们喜爱。汶上芦花鸡一度几乎面临灭绝，较为珍贵，因而其饲养经济价值较高。在当今崇尚健康、讲究保健的人们眼里，芦花鸡是很好的保健食品。

咿呀嘿！这芦花鸡还真是个稀罕之物，既好养，经济和养生价值又高，兴许是个有搞头的项目。村两委当即表态，让牟老板来村里把这个鸡养起来。

但仅凭村里张嘴表态，牟桔丰是不愿来干的。因为在个别地方，当地政府急于出政绩，把项目引进去，可在山林流转、厂棚建设用地、政策措施帮扶、群众利益连接等诸多方面，都只是在嘴上说说。而一旦发展见效，利益纠纷就出现了。有的群众过河拆桥，不同意林地再流转，得了"红眼病"后，什么想不到的使坏手段都用得出来。当此之时，当地政府唯恐惹火烧身，常睁只眼闭只眼地就不闻不问了。上百万的经济损失和所有的问题都得自己扛。"一朝被蛇咬，十年怕井绳。"于是，牟桔丰要求村里做出实施方案后再说。

闻此情况，分管扶贫的镇党委副书记郭代伯立刻带队来了，同白书记的驻村工作队员、村两委干部，就做起方案来。所持的宗旨是：坚决要把这个项目引进来，使之立得稳、做得大、效益高、带动致富能力强。

方案做出来了。一是项目由重庆铭森晟祥农牧科技有限公司和龙驹镇梧桐村共同实施，采取"公司＋集体＋农户"方式运作。由重庆市工商局投入10万元建设鸡舍以作村集体入股资金。公司每销售一只鸡，就固定给村里2元，以增加集体经济收入。并且公司每年向村集体保底分红不低于5000元。二是明确土地流转方式，由村里具体协调村民成片连林进行流转，以保证散养空间。对愿意用土地入股的村民，按折价土地进行入股；对不愿意入股的村民，按每亩150元给付流转费，间隔三年再每亩递增50元，并逐户签订合同，以做到先说断，后不乱。三是为放大对村民及贫困户养鸡增收的辐射带动效应，企业帮助7个贫困户采用"托管代养"模式，每人50只，代养鸡苗钱由扶贫帮扶责任人出，企业每年给贫困户每人保底分红900元。此外，对98个建档立卡贫困户及其他特困群众收获的玉米，以高于市场价10%的价格进行收购用作饲料。四是按白新亮构想，由镇里出面，同公司一道去山东汶上县衔接，不光是把芦花鸡养殖项目引进来，还要把种苗孵化基地引进来，一举把梧桐村办成西南地区的芦花鸡繁殖发展基地。

有了这份方案，牟桔丰才算吃下定心丸，决定把项目转移落地到这里。

"要想事办成，政府来开门。要想能致富，项目来引路。"按照方案实施，前期390亩林地顺利流转了。重庆市工商局为集体经济注入的资金一到位，鸡舍很快就建成了。由政府出面，与山东汶上县达成鲁渝扶贫战略合作协议，决定授权重庆铭森晟祥农牧科技有限公司，把梧桐村的芦花鸡养殖基地办成覆盖整个西南地区的种苗孵化中心，为大西部脱贫攻坚工程做出更大贡献。

2018年8月，林下养殖的首批3000只鸡开始上市销售。到年底，陆续饲养出栏上市销售5000余只，当年共实现销售收入90余万元。

该是公司按合约分红的时间了。2019年1月11日下午，梧桐村服务中心人头攒动，随着驻村第一书记白新亮宣布芦花鸡生态养殖项目半年分红开始，服务中心响起了热烈的掌声。牟桔丰拿出准备好的现金，就点名签字进行分红。除村民及贫困户共分得9000元外，村集体也分得6018元。一度空心化的集体经济，终于有了一笔收入。村里再有什么急需解决的事项，村干部虽不敢说财大气粗，但起码也可挺直腰杆拍板自行实施了。相信老百姓的自豪感和归属感也一定会不断增强。

在分红后的总结中，镇党委书记张凤政讲："扶贫攻坚不是搞花架子，而是要让人民群众脱贫致富奔小康，让沉寂、空心化的集体经济苏醒过来。从梧桐村发展芦花鸡项目的实践中看，只要我们善于思考，敢于在自己身边发现机会，我们就能做出项目，并且还能做大成为经济效益增长的支柱产业。"

的确如此，通过发展这个支柱产业，不仅让村里98个贫困户全部脱贫，而且还把产业带动效应辐射到岭上、花坪、老雄等村，以及龙驹镇外的后山镇、李河镇、走马镇和云阳县的路阳镇、丰都县的三建乡。片区联养发放扶贫芦花鸡鸡苗3万余只，共带动500余户困难群众脱贫增收。

　　2019 年 5 月，梧桐村向市里争取到龙驹镇国家级汶上芦花鸡繁育保种场西南基地项目，总投资 1600 万元。项目分两期建设，一期工程投资 830 万元，项目于当年 10 月正式投产。2020 年，二期项目建成后，梧桐村芦花鸡生态养殖年出栏量将由 3 万只增至 10 万只，芦花鸡鸡苗达到 500 万只以上。该项目充分结合梧桐村"三变"改革，壮大村集体经济，目前已实现集体经济预分红 7 万余元。梧桐村因此被重庆市农业委员会评为"一村一品"特色示范村，还被确定为龙驹镇十大脱贫攻坚重点项目之一和鲁渝东西部产业扶贫协作示范项目，被中央组织部评选为第十五届党员教育电视片观摩交流微视频全国书记代言产品优秀奖。由此可见，梧桐村和芦花鸡的名气俱已响亮起来，正当是"凤凰鸣矣，于彼高冈，梧桐生矣，于彼朝阳"。

# 村主任被骂"卵球"后

"2016年初，25岁的我就当上宏福村的村主任，可谓是少年得志。如果说当时没欣喜若狂，那我是在说假话。"祝小兵坦诚地对我说。

"毕竟在这个年龄就当'一村之长'，不说是光宗耀祖，就荣誉的光环还是颇能让人兴奋一阵子的。"我表示理解地接话说。

"是兴奋了一阵子，可是没过几天，我就睡不着觉了。"

"那是咋回事呢？"我揣着一丝不解问道。

"我不是当村主任了吗？我得先去访贫问苦呀！可贫困户李长生一盆冷水向我泼过来，真是从头到脚就把我冷透了。"

"哦！访贫问苦，了解村里的基本情况，应该是你这个刚走马上任村主任要干的活。但我不明白，咋就遭泼冷水了呢？"我对此充满了好奇。

祝小兵没急着回答，只是把头摇了摇。为此，我凭主观猜测，他一定是惹怒人家了，于是就宽慰他说："不过，人年轻，工作方法欠妥，惹怒老百姓遭泼冷水也是可以理解的。"

"嘿嘿！我说的不是冷水。"他眯着眼睛对我笑着说道。

"你不是说的泼冷水吗？咋又不是冷水呢？你在跟我说绕

口令吗？"

"哈哈！你没弄明白。"

"我没弄明白？那我现在就来向你讨个明白，好不好？"

"好！"祝小兵颇有兴致地说起来，"那天天气像今天这么冷，我顶着飘飞的雪花去贫困户李长生家，开口就问他，村里要发展，他家要致富，该怎么办？那派头，今天想起来真是官模官样的。"

我连连点头，表示在认真听。他把食指竖起点了两下，继续说："李长生的反应你真的猜不到。他望了我一眼，就没好气地回答说：'我们村里要发展，除了偷就是抢。穷山恶水的，蝇子都不生蛆，发展个铲铲！再说，像我这样穷得叮当响的人，村里多得是，要致富总得有个门道。你娃现在是村主任了，你自己还冷得清鼻涕长流，与我比也没富到哪里去。自己都没富起来，还来问我，问你自己不就有答案了吗？'"

我不认为这话没道理，也就没有插话打断他继续说下去。

祝小兵接着说："在我哑口无言的时候，嗡嗡直叫的耳朵里又响起他的声音：'我最见不得哪个卵球在我面前摆官架子，有本事把自己搞富起来，先树个榜样给我们看，只要有致富路子，龟儿子才不愿跟着他去干。'"

我越听越觉得有意思，只等他把整个故事讲完。

"遭泼这盆冷水后，我不知道是怎么从李长生屋里走出去的。下到路坎边，又听他说：'嘴上毛就没长齐，还在我面前装腔作势，不给点颜色看，还不知道自己有几斤几两！'"说完这话，祝小兵就望着远方，深邃的眸子里显露出一个男人顶天立地的稳重与成熟。这与当时遭骂"卵球"的那个他相比，一定是判若两人了。

"后来呢？"我赶忙追问道。

"后来，我就睡不着觉了，真有火星子落在脚背上的感觉。我想了好几天，似乎一下子就明白了许多事。同时认识到，光用村主任的身份高高在上地同群众磨嘴皮子是不行的，有些事还要看你起的榜样作用。特别是脱贫的事情，如果充分释放出榜样的力量，群众就会信服你，跟你干，村干部的权威自然就树立得起来，当面、背面就一定不会说我们是'卵球'了。"

相视一笑中，转过山背就看到两排吊脚楼。要不是房顶搭着的玻纤瓦显现出一丝现代的气息，还让人以为是传留下来的沧桑老宅或斑驳城堡，不经意间还会生出"蓦然回首，那人却在灯火阑珊处"的缠绵情意。哈哈！只不过那里面"情歌"缠绵的不是娇面半遮的窈窕伊人，而是土生土长的宏福黑山羊。这就是祝小兵的榜样工程——宏福黑山羊养殖基地。

在遭骂"卵球"后，自感火星子落到脚背的祝小兵，似乎一下明白了村主任的职务不是过官瘾和光宗耀祖的资本，而是一副沉甸甸的担子。也许有人会说那是空话，但当你真正挑上这副担子的时候，你才会真正感受到沉重的压力。这不仅不能光宗耀祖，弄不好还要被老百姓骂祖宗八辈。

祝小兵经过认真思索，决意探出一条致富路子来。这路子不能搞形式主义，不能是悬在空中充饥的画饼，更不应是不接地气盲目跟风的瞎折腾，而应是像领导开会讲的要因地制宜和坚持一村一品、一村一策的致富项目。那就养宏福黑山羊吧！这种羊血统纯正、体格健硕，适于绿色养殖，肉质鲜美，滋补功效甚佳。就把这个品种发展壮大，再向山外推介出去，一旦形成品牌优势，不想发财都不行。

凛冽的寒风刮在脸上让人有撕裂般的疼，可祝小兵心头是暖和的。因为申请的项目得到龙驹镇党委、政府的大力支持，在花去18万元建好2排18间羊舍后，又拿出3万多元买来2头种羊和20多头母羊，一下子就把养羊项目发展了起来。没几个月，羊就增加到上百只。祝小兵的父母乐得合不拢嘴，天天就把羊放养在山上。虽没有"天苍苍，野茫茫，风吹草低见牛羊"那般富有诗意，但在崇山峻岭间的吆喝，也不失为是一曲有如天籁的山乡牧歌。若群羊跑动起来，就像是云朵在山间飘荡，在岭头倏然飞过。

当此之时，我们或许应该承认祝小兵是带头发家致富的榜样了。谁说不是呢？2017年1月，就有17户村民想到他这里捉羊进行牧养。但贫困村的村民一时能拿出现钱的毕竟不多，就在大家欲打退堂鼓的时候，他的举动让大家半信半疑起来，即想买羊养的村民如果不是贫困户，有多少钱给多少钱就行；如果是贫困户，全不收现钱，只把羊赶回去喂，什么时候把羊养肥变现了再付钱。

天下有这等好事？大家半信半疑，都不敢动手。还是那个给祝小兵泼过冷水的贫困户李长生说话了："祝小兵是村干部，我就不相信他说话敢不算数。如他敢骗我们，我就到镇上去告他。"

好家伙，这一动手，李长生就赶走13只羊养去了。看到祝小兵言而有信，其他人才动手捉起羊来。心最大的当数程小平，他一下就捉养了26只。2017年底，不光村民买羊的钱全部收了回来，加上通过外销近百只羊获得的收入，养羊成本20多万元全都收了回来。现在存栏的羊尚有170只，按现在17.5元一斤的羊价算，总价值就超15万元了。

我想知道每只羊除去成本能有多少利润。祝小兵却说，宏福黑山羊全是放养，如果要说直接的成本，就是他父母放羊的工时费，按每人每天50元算，如请工人，一年得花3.6万元。如不喂羊，他父母在家也做不了什么事，照这么算来，他养羊不仅没有成本，而且他父母还创造了3.6万元的劳务收入。嘿！能举一反三的祝小兵说，没这么算账时可没在意，经这么一算，他就得到了激活劳动力的启示，留守在村里的老年劳动力就该有用武之地了。他显出几分神秘，没有把留守劳动力的用武之地向我道出来。

我还想知道他流转了多少山林养羊。祝小兵的回答让我完全没想到。宏福村有15477亩的山林，只要村民不滥砍林木，家家皆可放牧牛羊。在这个乡风淳朴的地方，广阔的山林不分你我，放养成千上万只羊的草料是不成问题的。现在只要有人养羊，祝小兵就说一定保证能赚钱。

不经意间，我就把"绿水青山，就是金山银山"的这句话喊了出来。

祝小兵重复了"绿水青山，就是金山银山"这句话，他似乎从中参悟到了真谛。他说这理论不错，前面两公里处建起的万州区平天黑木耳专业合作社就是用山林中随处可见的青冈木做栽培料的。没建专业合作社之前，河谷沿岸的荒山分文不值，现在种了上千亩的花椒，自己还在农行万州分行贷款10万元种了200亩花椒为村民做示范。这个"两山"理论不经意间就在宏福村生根发芽了。宏福村的未来，硬是要"宏福"齐天了哩！

听他这么一说，我忙提出同他去看一看花椒基地和黑木耳专业合作社。走在硬化畅通的宽敞公路上，在他滔滔不绝讲述养羊故事的时候，一位佝偻老者赶着一群羊像云一样向我们飘移过来。祝小兵说是李长生养的，共有10多只，这是他养的第三代了。

真是应验了"四川人生得邪，说就说不得"的这句老话。我们刚说过李长生，这不就碰上他了吗！我正想跟他打招呼，还想对他进行一番采访，只见他把竹条一顺，赶紧就向祝小兵打起招呼来："祝主任好！谢谢！你让我赶来的羊子又要下儿了。这次至少就要下5只。"

听过这句话，我没法把他同祝小兵先前讲的那个"泼冷水"的李长生联系起来。看他今天对村干部的友好态度，也一定不会再骂祝小兵"卵球"了。我正欲上前去采访他，只见两只公羊争着向一只母羊求欢，猛顶着角拼命打斗起来。在一声"争你妈个卵球"的吆喝声中，李长生扬起竹条就向那边追了过去。

我同祝小兵忍不住哈哈大笑起来，那笑声回荡在宏福村的山谷里，沉淀在清澈迂回的流波中！

# 他说风雨中这点痛算什么

2018 年 9 月 20 日，无论怎么说都是个极其普通的日子。在龙驹镇宏福村，若不是清晨出现了从没见过的绚丽朝霞，一切也都没有什么特别。平天黑木耳专业合作社社长马书田看着这接地连天、分外璀璨的朝霞，对正在培养工棚装青冈木耳菌袋的村民说："耶！农谚说'早晨烧霞，等到烧茶'。这朝霞是告诉我们马上要下雨了吗？"

一位老爷子接话说："看朝霞这么漂亮，兴许不是雨兆，多半是什么吉瑞之兆。"

"借你吉言！我们就来验证一下，看有什么吉瑞之兆降临下来。"马书田笑哈哈地打趣说。

话音落下，谁也再没把降吉瑞之兆的事放在心上。碎木的机器轰轰作响，装袋的民工手脚麻利，种菌苗的技工聚精会神，一切按部就班，秩序井然。要不是看护厂棚的狗阿黄焦躁不安地吠叫起来，大家不会向门外望去，也不会知道豆大的雨点已落起来了。

"嘿！真是要下雨了。这古人传下来的农谚真准，屁大个工夫就开始应验了。"马书田像有先见之明似的对大家说。

可是，大家万万没想到，大滴雨点过后，猛地就下起暴雨来。

这暴雨垂直而降，像珠帘飞瀑，无风无雷中，直闷头闷脑"哗哗"地向地上淌。这雨势如倾盆，若想取伞出门，暴雨的千钧之力，可不是几根伞骨支撑得起的。

唉！这雨真大。天似要落塌下来！就在大家停下手中活计惊叹这从未遇见的大暴雨时，只见厂棚前的小河河水陡涨，万马奔腾般汹涌，带着呼啸，卷着泥石和大树，横冲直撞、铺天盖地而来。骤然之间，洪水翻过堤坎，冲进厂棚，漫过菌床。十万支黑木耳菌棒，倏地淹没于水中，全都损失掉了。

撤向高处的村民谁也不敢前去抢救，因为这不仅于事无补，而且弄不好还会搭上性命。当此之时，只听"哇"的一声就有人哭起来。这是谁呢？就是被淋成落汤鸡的马书田爱人程小健。

看到程小健哭起来，50多位做工的村民傻眼了。他们心想，遭受这么大的损失，马书田会不会撤资？还会不会坚持下去？若他就此打退堂鼓，村民在村里打工就能获得的收入就没有了，让他带领村民致富的希望也将破灭。那个曾讲出"做给村民看，引导村民干，带领村民变"的豪言壮语亦将如山风吹过，不留半点痕迹。那个走出山外的创业致富能人，将告别这个穷山村，揣着受伤的心，再也不顾贫困的父老乡亲，毅然决然回到大城市去过不经风霜雨雪和不担半分风险的幸福生活了。想到这些，面对不可改变的地域生态环境和尚在刀耕火种中挣扎的现实生存状况，大家不仅为马书田遭受的损失，也为恶劣的自然生存环境和难以改变的贫苦命运，一同跟着程小健哭了起来。

马书田抹去头上的雨水，一眼就读懂了大家的心思。面对自己的乡土，就像面对自己的父母，长大的子女必须尽到孝敬义务，无论发生什么情况，都将矢志不移，初心不改。面对父老乡亲，就像面对自己的亲人，自己富了起来，难道忍心看到他们苦苦在贫困线上挣扎，在艰辛路上跋涉？虽然今天突降天灾，损失惨重，但自己不会因为遭受了损失就懈怠下来，就逃之夭夭置父老乡亲于不顾。

马书田紧咬牙关，脸上露出坚毅的神情，决定要向村民传递出坚定的信号。如果用一句歌词来表达他此刻心意，那就是：他说风雨中这点痛算什么！

这真是一个坚强的汉子啊！真是宏福村这方水土养育出的好娃子啊！于是，20年前从这里走出去的名不见经传的娃子的身影，又活生生地浮现在村民的眼前。

那是在1998年，高中毕业的马书田像村里其他外出打工仔一样，提着装有衣物的蛇皮口袋，转过山弯，跨过小河，去龙驹镇挤上去外地的客车，他选择了与南下打工仔相反的方向，到山西太原中石化打起人生的第一份工来。他勇于吃苦，诚实厚道，很快就崭露头角，成为一同打工人群中最可信赖的人，同时还获得了领导的赏识与认可。

时间不长，勤于动脑的马书田就拉起队伍，在中石化当起了小包工头。由于守信用、能吃苦，承包工程由小到大，他很快就淘到了第一桶金。为了带领跟随自己的工友一起做成事、做好事、做大事，他便成立了重庆永强钻探有限公司，承包中石化等石油系统的勘探工程项目，足迹踏遍了大半个中国。通过十多年的经营，他现已成为资产上千万的企业家。为此，马书田成了宏福村乃至龙驹镇最具影响的人物之一。家乡为之骄傲，村民为之赞赏。

2015年初，村两委向由宏福村走出去的能人马书田发出邀请信，盼他成功不忘乡土，致富不忘故人，能回到村里带领乡亲们共同发展，抱团致富。马书田揣在心里的浓浓乡情被唤醒了。

2016年春花烂漫的时节，马书田衣锦还乡了。他走进村服务中心，受到了村支书成伟的热情接待。昔为小村民，今为座上宾。20年前走出去的山娃子，顿时生出成就感来。霎时间，身份的重大改变，让他飘飘然了。可是，在做出正襟模样听村支书介绍，并得知自己的故乡宏福村还处在深度贫困之中时，突然像有一盆冷水向他膨胀的心猛浇过来。当得知全村尚有174个贫困户、520人没脱贫，并且是全镇贫困户和贫困人口最多的一个村时，马书田眼中忍不住含满泪水。他想象出父老乡亲艰辛劳动的臂膀，想象出披星戴月的身影，想象出裂缝漏壁的房屋，还有在房屋中衣衫单薄冻得瑟瑟发抖的留守老人和儿童。马书田心如刀割，所有个人成功的骄傲和衣锦还乡的自豪顿时全都荡然无存了。

"天下兴亡，匹夫有责。"这村里要致富，作为该村村民的他更要挑起担子。何况他在村民眼中是率先闯荡成功和腰缠万贯的致富能人。

马书田没有向村两委干部像预先设计的那样把自己的成

功经历滔滔不绝演讲一通。此时此刻，他完全没底气讲了。一花独放不是春，百花齐放春满园。一个人无论多么成功，无论多么富有，面对贫瘠的故土和还没有全部脱贫的父老乡亲，难道可以把成功和富有当作炫耀的资本吗？不仅不能，而且更不敢，马书田心头突然有了这么透彻的认识。

他在村干部带领下，到村里进行考察，山还是那座山，水还是那道水，只是认识的人都比过去老多了。要不是偶然见着一两个留守儿童，他一定觉得村子也随沧桑的老人老去了。每每遇上父老乡亲对他赞赏有加，并对村里出了这么一位能人羡慕不已时，他的心就像一下下在遭受剜割，产生阵阵刺痛。他突然觉悟，认为这次回来就得为父老乡亲做些事，同时感到带领他们脱贫致富是自己不可推卸的职责，还应切实把先富带后富的理念落到实处。经认真调研，他最后决定在村里借助丰富的青冈木资源，成立专业合作社发展青冈黑木耳产业，以解决村民不出门务工难、在家种地增收难、产业空心化致富难的根本问题。在得到镇村支持后，马书田组织的平天黑木耳专业合作社就此诞生了，并很快进入具体实施的阶段。

发展青冈黑木耳，在村里谁也没有尝试过，能不能成功谁也不敢做保证。首先是向其流转土地做菌床的村民有担忧。流转土地规模达70亩，每亩每年流转费用500元，每年一次性支出就达3.5万元，这在贫困的村民眼中，可不是个小数目。其次是用工成本让家人担忧了。平均每天用工在60至70个之间，这些工人不光是固定吸纳的10多个贫困户家中的20多名贫困人员，还有本村留守人员及附近丛木村和灯台村的劳动力。按每个工人每天 50 元算，每天得支付工资 3000 多元，全年就得开支 150 余万。倘若出现个什么闪失，所挣的血汗钱就打水漂了。更让家人没想到的是，为打消村民出工怕结不到钱的顾虑，马书田建立了每天按时计发工资的制度。他说，即便出现闪失意外，也不能让村民受损失。另外让镇村领导担心的是，合作社建 1200 平方米现代化标准厂棚、添置锅炉等机器设备和硬化道路平整基础设施，一次性投入高达 200 多万元。虽然马书田决定从勘探公司转入这笔资金，但他若对完全陌生的产业投资失败，镇村两级还能把在外发展的成功人士牵引回来吗？没有企业和项目的带动，要让贫困村民按时脱贫致富的担子何止千斤万斤重！特别是 9 月 20 日遭受到天灾损失，突然间的意外会不会把马书田击垮？龙驹镇书记张凤政忧心忡忡地来到黑木耳专业合作社了解情况，关切中见马书田焕发出振作自救再图发展的精神时，悬着的心才放了下来。

转眼 3 个多月过去了，12 月上旬，培育成功的菌棒达 30 多万袋。10 多位村民正在对损失的 10 万袋菌棒剥倒木渣。我想知道对这些堆积如山的废弃垃圾作何处理，马书田说，这些被水淹过的菌棒木渣不能乱处理，他已向有关专家咨询过，决定引进技术，所有结完木耳的棒渣和这些受损失菌棒，都将进行无公害生态化处理，做成有机肥销售出去，完全就变废为宝了。

面对马书田的坦然乐观，谁还会去对这个经受得住自然灾害考验的黑木耳专业合作社产生怀疑呢？是不能产生怀疑的。眼下黑木耳长势喜人，预计年末，马书田的黑木耳产量可达 10 余万斤，实现产值 300 余万元。明年将大获丰收，年产量可达 30 余万斤，实现产值有望突破 900 余万元。

对此，见到成效的马书田扎根乡土实干增收的信心大增，他正规划拟在生态蔬菜、高等环保药材及观光农业发展上做文章。未来的 3 到 5 年内，他想在生他养他的土地上，让生态农业有进一步发展，也让自己的投入产生回报，让父老乡亲有经济收入。

瑞雪纷纷，冬天到了，春天还会远吗？

# 用行动感恩　以增收圆梦

2014年4月，从三峡中心医院出院的唐德会，拿着4万多元的大把医药费发票，觉得自己这个家，当是这辈子都要穷下去了。她这回重病住院，不仅花光了家里的老底，而且还欠上2万多元的债务。

眼下父母已年迈，并且都患有严重疾病；两个儿子尚在读小学。若她自己身体不能康复，仅靠丈夫刘永坤一人支撑这个家，就算丈夫是钢筋铁骨，沉重的担子也会把他压得喘不过气来。她把着扶住自己臂膀的丈夫，"哇"的一声就痛哭起来了。

丈夫刘永坤明白她的心思，满含热泪地劝慰道："德会！别哭了！车到山前必有路。只要你病好了，家里一切都会好起来的。"

"老天爷真是不长眼哪！让我一场病就把家害穷了。爸爸妈妈长期生病要吃药，两个娃娃读书正用钱，我这又背上个药罐罐，往后的日子，哪个过得下去哟！"

刘永坤伸手抹去唐德会的泪水说："有我在，我会把家撑起来的！"

"你一个人辛苦劳累，不知道我心头有多疼！我现在不仅帮不上忙，而且还成了拖累。你娶了我，真是倒了八辈子的霉呀！"

"别这么说，德会！只要有你，我眼里就有希望，无论干什么苦活、累活，我都有劲头。虽然眼下艰难，只要饿不死，我们就有活头。只要人勤快，出门就可以挣现钱。更何况，政府和村里干部都在关怀我们，你不要这么悲观好不好！"

"好！好！好！"唐德会虽然嘴里这么说，但泪球还是止不住连起线直往地上淌。

回到家里的时候，爸爸唐姓敏同妈妈成定珍赶忙围上来探问病情，在得知把喉咙里的瘤子割了后，悬着的心才放下来。两个儿子望着脸色蜡黄的妈妈，都心疼得流下了泪水。同时，看到爸爸肩上担着这个家的沉重担子，都恨不得一夜长大就外出打工挣钱，以减轻家中的负担。

看着懂事的儿子，唐德会似乎看到了明天的希望。她暗暗下定决心，等自己把身体调养好起来后，一定要干点什么让家里的日子好过起来，为了父母，为了儿子，更为披星戴月辛苦操劳的丈夫。

大半年时间过去了，被医生从死亡线上拉回来的唐德会身体大见康复，她决定同刘永坤一同外出打工，虽然医保报销了 2 万多元，但毕竟欠债的窟窿还是不能填上。他们现在出去打工，不光是为了填这个窟窿，而且还想攒些余钱改变家庭的贫困现状，日子总是希望向好的方向过的。转眼一年多时间过去了，贫困的阴霾仍未散去。当他们正在这条艰难路上跋涉的时候，爸爸打来电话，说自己一家已被政府定为建档贫困户进行帮扶，并且派来了驻村工作队，落实了专门的帮扶责任人。同时还说，如果发展种养项目，还可向银行申请贷款支持。

得到这个消息，唐德会十分感动。自己生病住院有人关怀，医药费由国家报去大部分，现在政府又把自己列为贫困户进行帮扶，发展项目缺资金还可贷款，有这么好的政策，自己从内心深处感动不已，感恩之情油然而生。如果自己不尽百倍努力，那对得起谁呢？于是，她和丈夫刘永坤商量，决定再加把劲挣上几万元后，就拿回去请帮扶干部帮助安排发展增收项目。总之一句话，不能什么事都靠国家帮助，更要靠自己努力。2017年中秋节回到家中，唐德会揣着5万多元现金，想干出一点名堂来。经村主任祝小兵和帮扶干部唐成红合计规划，决定让她在自家承包的山坡上建猪场发展养殖业。

说干就干，急性子的唐德会就按镇政府的规划设计及环保要求，请人盖起圈舍来。2018年2月，近300平方米的养殖场竣工。正当唐德会为购买母猪和饲料发愁的时候，中国农业银行万州分行副行长付晓伟带着个人金融部的客户经理来到了村里，在对村里拟实施精准扶贫贷款覆盖时，决定开通绿色通道，为唐德会这个贫困户贷款5万元以进行支持。

"钱不是万能的，但没有钱是万万不能的。"拿到5万元贷款，唐德会喜出望外，在村镇干部指导下，花去1.2万元买来约克、三元、眉山、太湖、长白等品种母猪6头。又将剩下的钱买来玉米和青饲料，养殖场一下就办了起来。待第一批母猪下仔，近100头猪仔一下就让唐德会的养猪场兴旺了起来。2018年11上旬，中国农业银行重庆市分行副行长刘正鹏带着农行万州分行行长聂鑫、副行长付晓伟和农行驻镇扶贫干部张奎来到唐德会家调研时，正逢母猪第二批下仔。满脸兴奋的唐德会说："要不是卖出去几十头出栏猪，这100多头猪，现在的圈舍就养不下了。这得感谢党和政府的关怀、各级干部的关爱、农业银行的大力支持。"

看过养猪成果后，在刘正鹏的表扬声中，心头美滋滋的唐德会对刘正鹏说："今年才起步打基础，力争增收3万元，明年可就有大发展了，力争增收5万到10万元。我要以增收来圆梦，用行动来感恩。"

2019年，是唐德会的丰收之年。上半年出栏肥猪60多头，获利20多万元。年底，70多头肥猪正待出栏时，新冠肺炎疫情突然席卷全国，可把唐德会急坏了。所幸，经扶贫工作队及时联系销售渠道，把出栏肥猪都销售了出去，再次获利20多万元。

2020年3月，疫情防控形势有所好转，8头母猪产的50多头猪仔正好出栏，时逢猪价居高，按2000元一头猪仔进行销售，获得净利润达6万多元。

从满面春光的唐德会脸上可以看出，七彩缤纷的小康生活，已向她展开绚丽多姿的锦绣画卷。她说要用感恩之心奋发图强，要在拼搏进取中发家致富。

# 派来的和尚会念经

    2018 年 12 月 27 日，距新年还剩 4 天。在酷寒的日子里，除看纷纷扬扬的雪花外，就只能围在炉前暖上烧酒，品味行将结束的一年了。这是长久以来，龙驹镇向东村村民世代相传度过岁末年尾的方式。可是这年年末，宁静平淡的山村突然热闹起来，大家围在村服务中心，血液里的暖流透过欢颜，让酷寒的日子变得有滋有味、暖意融融。这就是向东村百香果专业合作社以土地入股的村民按每亩 330 元进行首次分红的火爆场面。

    拿到 1234.2 元分红的严辉碧兴奋地说："原来根本就没想到百香果专业合作社这么快就赚钱分红。其他种植项目，有的三五年都看不出效果。我们这个项目选对了，干成了，有效了。让我们山旮旯里的这个阳历年也像城里头那些有钱的企业单位，搭上个台子给大家分红发钱去秀上一把。虽然我们的钱没他们分得多，但在我们这个祖祖辈辈刀耕火种的地方，破天荒有了第一次分红，接下来的日子就大有盼头了。分红的钱就像今天下的雪，不一会儿工夫就将越垫越厚！"

    围过来的村民见她这么对记者说，都夸她有水平，也都哈哈大笑起来。这欢笑声是那么爽朗，充满喜悦，充满希望。这与驻村第一书记姚茂瑜去年 11 月上旬召开发展百香果种植业动员会时，村民缄口不语和愁眉苦脸的样子，形成了鲜明对比。在这极大的反差对比中，姚茂瑜颇有成就感地跟着笑起来。在记者采访他为什么想到发展这个百香果项目时，他打开的话匣子好一阵都没收住。

2017年9月，姚茂瑜由重庆市环境卫生事务中心派驻重庆市深度贫困镇龙驹镇扶贫，担任起龙驹镇向东村第一书记职务。当他到村服务中心，站在宣传栏前细看村情简介时得知，全村373户、1140人中，建档立卡贫困户就达74户，贫困人口236人。通过扶贫帮扶，眼下尚有5户贫困户、12人没脱贫。在这片山高田少、边远封闭的大山中，村民除刀耕火种以图生存外，要想取得收入，往往就得外出打工，有的甚至举家外出。村子当时已空心化、沉寂化，若是胆小的人孤身走进去，保不准就会感到毛骨悚然，被吓出冷汗来。

这个贫怎么扶呢？是在这里无所作为地混日子，还是真正为老百姓干实事？这是出现在姚茂瑜心头的两个问题，需要他去做出现实的回答和非此即彼的选择。

面对自然环境差、耕地资源少、产业空心化问题突出、群众增强内生发展动力和信心不足的客观现实，如果只把眼光盯在村里尚未脱贫的贫困户身上，日子一定是混得过去的。因为当时剩下的没有脱贫的贫困户，多数就是老弱病残。按习近平总书记提出的"五个一批"，这些贫困户最终就成国家兜底的了。只要自己天天到岗，上下联系跑跑腿，争取政策喊喊话，传达会议发发言，无功无过中，日子"哗"地就过去了。可是，这日子是混过去了，但心里不踏实，像是做了亏心事一般，将会折磨自己一辈子。如果在青春岁月就这么把日子浪费掉，消磨掉，那可就对不起面向党旗曾经举起右手宣过的誓，就会对不起自己生命中燃烧的激情岁月。

那就认真履职吧！要在这个伟大时代轰轰烈烈的脱贫攻坚背景下，真真切切干出事情来！

在向东村的村两委会上，大家都在看这位书生气十足、从大城市派下来的"和尚"，能念出什么"经文"来。他说他不讲大道理，他只问向东村现在究竟要干什么？能干什么？群众需要什么？

村主任谭林的回话让大家捧腹大笑起来："我们这个地方真还不知道现在可干什么、能干什。但群众需要什么是一定知道的。姚书记，你猜猜？"他把两个指头做出数数状，跟着搓动几下接着说："就需要这个东西——钱！"

哄堂大笑中，姚茂瑜没感到窘迫，而是顺着话题说："能知道这个东西不是很好吗？要群众脱贫致富奔小康，就离不开这个东西，就要多搞这个东西。"他扫视大家一眼接着说："不过，这个东西，天上不掉，地上不生，那怎么搞呢？不是有常挂在嘴边的话叫作一村一品、一村一策吗？因地制宜难道就不行？"

村支书陈丕山接话说："话可以这么说。但真正要在这里就地取材搞一村一品、一村一策，可就难上加难了。"

就是"就地取材搞一村一品、一村一策，可就难上加难了"的这句话，像是在他头上猛敲了一锤，突然一下，他就想到自己老家秀山发展的百香果产业来。他没再要求大家向下继续讨论什么，而是抽身就跑到秀山去做考察了。

在秀山百香果基地详细了解情况后，他又去贵州、广西等地，行程几千公里，咨询专家和从业者数十人，现场调研农业产业化公司和专业合作社 10 多个。在把百香果品质、生长习性、药用养生效果、适合消费人群弄清楚后，就想在向东村进行先行先试的发展。因百香果当年种植能当年见效，即便是发展达不到预期效果，一年的损失，大家也能扛得住。再说，人们经不住长时间的等待，也没有三年五载的时光让自己去发展其他项目来做试验。一旦不成功造成损失，那他就不是村里的第一书记，而是让村民唾骂一辈子的第一大罪人了。

虽然说百香果当年能看到得失，即使有意外，大家也能把风险抵抗得住，但这毕竟是发展项目，不是做试验。他不得不思考这里的气候是否合适百香果生长，种出来的品质是否能达到市场标准，就像一位资深老农，不得不考虑周全。他极怕发生"橘生淮南则为橘，生于淮北则为枳，叶徒相似，其实味不同"的悲剧。若是那样，自己干劲越足，群众遭受的损失就会越大。那岂不是与脱贫攻坚要求南辕北辙了吗？

经反复调研心头有底后，他才带着一位名叫余兵的专业技术指导员来到向东村。经现场考察，余兵认为向东村可以种植百香果，在相邻的团结、官坝和赶场等海拔相宜的村组，也可大力推广发展。得到这个结论后，姚茂瑜高兴了。他要发展百香果产业，因地制宜地解决村里产业空心化的问题。用现代农业产业化生产理念做牵引，让人民群众足不出村就能在山里致富。让外出打工的游子快快回来，在生养他们的乡土上发家。让荒芜的山村再现生机，让冷寂的村落再聚人气。

说干就干！发展百香果产业的第一次动员大会，就在村服务中心开了起来。无论姚茂瑜讲得如何头头是道，参加会议的村民都不愿开腔。有人在嘀咕："当年种植当年见效，让你吹牛皮吧！就算我们相信能当年见效，这地怎么征？产业由谁牵头？更重要的是，启动资金从哪里来？钱不是万能的，没钱是万万不能的。

会议没按预期的那般收场。这该如何是好呢？

夜空蒙而沉静，独自住在村服务中心的姚茂瑜望着天上几颗孤落的星星，就像几双无精打采的眼睛，不知是在关注些什么，抑或是对什么感到了神伤与疲惫，就像他此时此刻的心境一样。他不知道自己这个第一书记是否还能干下去，也不知道接下去的路如何走。此时，姚茂瑜越想心头越发毛，越想心头越焦急。

为平复纷乱的心绪，他去到小河沟，以手机照明，捡起被水冲得浑圆的石块来。回到卧室，他发挥雕刻艺术的功夫，把一块石头雕成了一个盛放别针、印台的盒子。当他把这个工艺品放在桌上的时候，不经意间看其像个脚掌，灵机一动，他就在脚掌前放上5块小石头视作脚趾，一个完整的大脚板就成形了。稍微远观，又像是个深深的脚印。这脚印倏地就让他想起"世界上本来就没有路，走的人多了，自然就成了路"这句话。既然如此，那就在向东村别人没有走过的地方，走出一条扶贫路，走出一条致富路！

寂静的深山和自娱自乐很快就平和了他焦躁的心情，冷静之中，他深深地思考着村民的顾虑和真实存在的风险。如何打消村民的顾虑和防控真实存在的风险呢？他立即就做了两件事情。

一是走向山外头。2017年11月上旬，姚茂瑜带着向东村的一帮村民去了重庆主城，游走于主城区的大街小巷、各大超市、农产品市场。还去了万盛区的尚古村落、綦江区的凉风村和四川美术学院。通过考察，向东村的村民知道了外面的世界很精彩，还认识到农村可以因地制宜，提升品位，那些土坯房也都是宝贝，猪槽、狗槽可当民间艺术品。特别是姚书记想在村里推广种植的百香果，在市场上竟卖得那么贵。眼见为实，村民们就茅塞顿开了。

二是组建合作社。在农村产业发展中，如何防控风险，农民利益怎么保障，是不得不认真考虑的事情。眼下要想单打独斗做大做强产业项目是困难的。必须握紧拳头，采取众筹机制，方能取得众人拾柴火焰高的奇效。2017年12月26日，在他的大力推动下，重庆市万州区民欣向农专业合作社注册成立，取这个名字就是寄寓着向东村农民欣欣向荣的意思。接着，他就积极争取到"娘家人"——重庆市环境卫生事务中心的大力支持，列支扶贫帮扶资金7万元作为向东村产业发展的启动资金。

借此东风，他挨门挨户，动员村民以土地入股，让他们变成股东。他发布信息，让外出村民、社会企事业单位和个人用现金参股众筹资金。他联系各金融机构，寻求向贫困户和村民进行及时的贷款支持。

功夫不负有心人，在第二次发展百香果产业动员会上，他把生产组织模式、生产管理队伍、资金来源、参股合作细节、得益分配机制向群众做了详细讲解。对于这个有搞头的事，大家来劲了，绝大多数人都愿意把地拿出来入股。可是，仍有人在嘀咕："试都没试，一下就整这么大个场子，若是失败了找哪个哭鼻子去？"

听到这话，姚茂瑜忙接话说："你的这个担心，也是我的担心。不过，在科学论证面前，虽不敢打百分之百的包票，但我确信有八九不离十的把握。这样吧！你有多少土地，按每亩500元流转给我，我再入股进去，赚了算你的，赔了是我的。另外，听人说你在开网店，能不能现在做个平台，先为我们发布信息，待果子成熟后，再通过线上进行销售？作为现代农民，我们不光要会种地，更应借助现代科技把我们的生态环保农副产品卖出去，把'深巷子'里的'好酒'卖出去。你看这样好不好？"

这个村民思索片刻后说："既然是这样，我就把土地入股到合作社，成功了我不找你，失败了，你每亩地赔我500块钱就行。"

"好！这是你我的君子协定。但是这个不能写进合作社的合作协议里，不能因为我们的这个协议，就影响建立现代农业的管理机制。"

终于，在2018年2月底，土地丈量完成，相关手续办理完毕，农民土地正式入股到合作社。3月1日，向东村150亩百香果发展基地开始建设。按照百香果生产时节，必须苦战两到三个月完成果园建设。姚茂瑜带领干部群众，落实责任分工、整地、植苗、栽桩、搭架、整修便道，积极协调项目资金100多万元，拓宽4.2公里的村级公路。5月底，果园提速建成，迎来百香果盛放花开。

他常去到果棚嗅着馨香，他觉得这香味沁人心脾，但也担心是否能成片挂果。要是只开花不结果，今天果棚里的陶醉笑靥，就会成为明天一无所获时的愁苦泪颜。夏日的太阳把他晒得一身黝黑。挂果时节快到的时候，他天天就在催技术指导员余兵快挂果。看着姚茂瑜焦急的神情，胸有成竹的余兵做着鬼脸说："你急着催我有什么用？哪个说的做媒还要包生儿？我又不挂果，你天天催挂果就去跟果藤说呀！"

一直紧绷神经的姚茂瑜，似乎就要扛不住时间的折腾了。但他知道，这个急不上来的事，早晚是有惊喜的。

的确是有惊喜。就如"忽如一夜东风来，千树万树梨花开"，藤上倏地就全挂果了，像翡翠，像星星。此时，姚茂瑜才把悬着的心放了下来。收获时节到来的时候，为宣传推介百香果，姚茂瑜到万州区、上重庆主城，现场讲解和营销达30多场。收获的百香果达6万多斤，当年种植当年见效，实现产值40余万元。

一花独放不是春，百花齐放春满园。向东村发展百香果产业的成果得到龙驹镇党政领导的高度评价，也被多家媒体报道过。于是，党委、政府决定，把百香果纳入龙驹镇重点扶贫产业发展工程。姚茂瑜的舞台更大了。在向赶场社区签约发展1000亩百香果的同时，他还招商引来"腾讯为村"平台，获得投资 1000 万元夯实产业基础，再以向东村技术品牌融入 30% 的产业发展股份，使向东村成为全镇百香果扶贫产业发展的牵引龙头。12 月 14 日，他又推介联手农行万州分行，为赶场社区 21 个贫困户，现场发放百香果小额扶贫贷款 105 万元。

"有平台、有项目、有资金，守住金山银山，不发财致富行吗？"听过姚茂瑜的这句话，以至于在他短短的任职时间内，就能闪耀火花，就能取得效果，给我们的启示是：无论地处什么地方、什么环境，在脱贫攻坚工作中，我们不缺渴望项目发展的呼喊，缺的是画龙点睛的牵引，缺的是敢想敢干中所持的科学态度，缺的是牵手联动的社会合力，缺的是敢于吃苦、勇于探索的精神，缺的是现身说法唤起群众增强内生动力摆脱贫困的信心。

年末的现金分红场景给山里带来了温暖，这热闹红火的场面定将绽放春花般的绚烂。同时，我们还可以想象，在新年钟声响起的那一刻，脸上荡起幸福欢笑的村民，在深情感谢党和政府为民富民好政策的时候，一定不会忘记发上个微信：姚书记！你辛苦了！

# 好个贤惠的内当家

雨雪后天还没放晴，茫茫雾霭给远山披上了迷人的轻纱，幻化万千中，让人浮想联翩，叹为观止。

我同梧桐村第一书记白新亮、村支书郎定高、农行驻村扶贫队员向小阳相约，决定去梧桐村 5 组，看看重庆万州区富燚辉中药材种植合作社的丰收情况。

车爬行在蜿蜒如游龙的山道上，当路过那户院门半开的农家时，一条黑花狗猛地蹿出来，吠叫中，直追着车轮欲一口咬上去。村支书郎定高说："要不是近两年把村道做了硬化，加油都跑不起来的车轮子，一定得让这条狗咬上一口。"

猛一脚油的白新亮渐渐把狗甩在了后面，追不上的黑花狗，以为是自己把要追的东西吓跑了，一副得意的样子，就在路边的草坝中，用爪子拼命向后抓刨着。飞溅起来的草根和泥巴，不知算不算是对它的褒奖，反正是在翘起一条后腿，对着那棵小树撒上一泡尿后，才意犹未尽小跑似的回到家中去了。

"哈哈！"我忍不住说，"真是有趣。不过我还是担心，要是村民从这里经过，狗这样追上来该咋办呢？"

郎定高说："这狗不咬人，偏偏就喜欢追汽车。"

"这个不知天高地厚的家伙，车能去追咬吗？"我发着感叹说，"真是傻儿不懂电，乱摸高压线。"

大家为这句"傻儿不懂电，乱摸高压线"的比喻笑起来。话题还没说完，重庆万州区富燚辉中药材种植合作社就到了。

嗬！好大的劳动场面啊！三四十人聚在一起，地里挖的挖，路边选的选，好一道热闹的集体劳动风景。

那在路边选药材的，清一色全是女同胞。除那位向白新亮他们几个老熟人打招呼的、看上去约40岁出头的资深美女外，几乎全是50岁以上的中老年人。

我拿出相机，就对着大家拍起来。一位老大姐非常配合，拿着一根前胡做着各种姿势，乐呵呵地让我拍。她兴致很浓，粗声大气中，直冲那位资深美女嚷道："平群！快过来让小哥给你照几张，看他的样子蛮像个内行！"

被叫平群的应了一声，就从白新亮他们那边走过来。这个被呼作平群的资深美女叫伍平群。她个头没有穿高跟鞋的城里姑娘那么高，穿着平底解放鞋也不显得那么矮。用她的话说，套上一身灰不溜秋的农民衣服，也不显得那么土。特别是从脸上散发出来的、敢于挑战生活的坚毅气质，倏地就可把人折服。开言说话，头头是道。这在农村，真是难得几见的好内当家。不知道是哪个有福气的男人娶了这个内当家，他不幸福一辈子那才怪！

我没去探究她的男人是谁，只想从她嘴里，知道这个中药材种植合作社的来历和经营情况。

拍完照，了解到我的来意，她才对我说："其实说起来很平常，但真正把这个事情做起来的时候，一切可没有想象的那么简单。"

我没有接话，只是点头，示意她只管接着说下去。

"种药材这个项目，是在情势所迫中干起来的。去年初，镇上全面治理办无事酒，并且红白喜事也不准大操大办。我搞起的办坝坝席的流动餐厅，就响应号召主动停了下来。当时我请了有三四十个妇女，其中贫困户家的妇女不管年龄多大，只要能走动，全都把她们吸收进来，以帮助她们创收致富。"

那个叫她过来照相的老大姐说："那时我们一天天跟着她干，村里村外，天天生意好得不得了。她没把我们当雇工，赚的钱全同我们一起分，她一点不，硬像是个共产党员的样子。"

"看你硬是老糊涂了。"支书郎定高接话说，"她本来就是共产党员，还说什么像是的？"

老大姐睁大眼睛，显出不服输的样子盯着郎定高说："我又不是共产党员，哪知道她是呢？怪不得她这样大公无私的哟！"

"别夸我了，还是让我讲正事。"伍平群接着说，"大家跟着我干，已产生了深厚的姐妹感情。她们闲在家没收入，让我焦虑了起来。该给她们找点什么出路去创收呢？于是我才想到流转土地种药材。"

"你不懂技术，也不知道这里适不适合种药材，凭什么就敢来干这个项目呢？"我不无疑惑地问。

"早些年我们这里就有人种前胡、白术和芍药。我到镇上去问过，说在我们这里发展药材，气候和海拔都正好，种出来的药材品质高，又赶上镇上正要实施万亩药材开发工程。"伍平群显得很兴奋。

一个一心一意想做事的人，并且是想着为大家做好事的人，一定会有人相助的。对这点，我半点也不怀疑。为抢得先机，她就找来赵方国、成书平、成杰和贫困户向英全，自己出了三分之二的资金，筹资60万元，就办起了合作社。她向本组村民征得流转土地200亩，流转价格比其他地方给得高。每亩田500元，因地要开荒整治，除头两年每亩给50元外，第三年起，全按500元计付。有的村民说，地荒着也是荒着，愿意无偿给她种。那怎么成？伍平群没同意。

她租来两台挖掘机，把山地整治起来。请来数十个劳动力，做上300多个工时，就把种植基地建了起来。然后又固定雇用40余人种药材和进行日常照管。

为提高药效和确保环保，地里除草不用除草剂，全用人工；施肥不用化肥，全施农家肥。这样一来，人工成本就比别人高出一倍多。她说她不后悔，在坚持诚信为本的同时，让群众多得劳务收入，肥水没流外人田，她心头是高兴的、踏实的。

眼下，前胡正值收获季节，总产量达到20多吨。这产量是起来了，可价格却低到了2.9元一斤。把每人每天60元的工资一付，前期成本一摊，除了锅巴没得饭。她说，完全想不到干农业项目的风险也是不少的。

看到满脸欢笑的劳动大军，我在担心，这干上一年没赚到钱的伍平群，还会不会把合作社办下去？这些群众，特别是贫困户，能不能依托这个平台取得收入？可是，我的担心是多余的。虽然药材价格年年有波动，但只要能保本，她就要把合作社办下去。更何况，现在不仅有了种植经验，而且还对市场行情有一定的前景把握。从第二年起，她的合作社就可以赚钱了，这不仅是她作为合作社股东的期盼，也是她让乡亲们在家门口就能取得劳务收入的心愿。

为把药材种植基地大场景收入眼帘，我们一行人随伍平群到了山梁上，望着成片连岭的药材基地，她就把接下来的构想，满怀信心地讲了出来：一是计划调整药材种植结构，不搞单一种植，要在多品种、高品质上下功夫，以提高抗风险能力和增大盈利空间。二是打算再扩大一定规模，把芍药成片种植起来，与村里引进的茂梦邦中药材种植基地连成大片，再依托美丽的王二包和齐岳山自然风光，于春夏季节，借机打出乡村旅游和观光农业这张牌，以迎接四方来宾，品尝这里的农家菜，享受这里的农家乐。

我服气了。没想到种药材还把观光农业和农家乐都一同"种"了出来，这联想是不是太丰富了呢？

我不知道还应向她问些什么，以至于她后面说了些什么，我都没记着。

这样的女人真是少见。我坐在回村的车上，没像到其他地方采访那样滔滔不绝议论上一番。我始终沉默着、回味着。

回到村里，就在车刚停稳的时候，我才情不自禁地说："那真是个少见的能干女人，不知道她家那个有福气的男人是谁。"

　　坐在副驾位置上的郎定高，指着站在村服务中心门前的那位——刚从镇上办事回来的村主任成书华，说："他就是那个女人的男人！"

　　惊奇之中，我差点就没把嘴巴合拢来！

# 有一种爱情叫李花

　　与邵乾刚恩爱一生的老婆子说走就走了。突然感到孤独的邵乾刚坐在夕阳西下的大门外，把牵肠挂肚的往事，一遍又一遍地回味了起来。遥想当年，住在川鄂茶马古道上的年轻邵乾刚，喜不自胜地娶来了心仪的新娘。从此，生命中的欢笑，就弥漫在春夏秋冬的朝朝暮暮中。

　　晨光里，劳作在玉米地里的妻子发出欢笑，胜过春花的灿烂。暮色中，灶前屋后干净利落的忙活，让山间茅庐中的兴旺之气倏地就弥漫出来。初中文化的邵乾刚，在幸福的包围中，也就更青春了。他不同于大字不识的山里娃子，浪漫情怀时常就飘逸在美丽山乡的房前屋后。

　　他还记得春天到来的那个日子，门前树上的李花，蓦然间就开放了。琼枝灼灼，玉蝶纷纷。妻子靠着李子树，直嚷着要邵乾刚看她美不美。

　　在他眼中，妻子简直是美极了。特别是她从酒窝中溢满出来的笑靥，不仅赛过素洁的李花，更赛过所有春花的缤纷与绚烂。怦然定格的这份美，深深铭刻在邵乾刚心头，成为一道永远亮丽的风景。在每年李花初放的那个日子，邵乾刚都要妻子靠着李子树，以同样的姿势、同样的笑靥，让他感受那份醉人的美、动人心魂的笑。

　　一年又一年，妻子由美女变成了孩子的妈妈，由孩子的妈妈不经意间又变成相濡以沫的老太婆。咋就像没一袋烟的工夫，老婆子突然就走了！

　　春天的李子树下，再也见不到邵乾刚那曾经年轻的身影和灿烂的笑靥。只有孤寂中的一幕幕回忆，在李子树年复一年的花开果熟中，泛起思念，永远鲜活，永远年轻。于是，门前的那株李子树，就成了邵乾刚的情感寄托，观其朝暮，伴其华荣。

　　一天夜里，邵乾刚梦见了妻子，她依然那么年轻，依然那么美丽。她依然靠着李子树，枝头不见鲜花，只有沉甸甸的果实。

　　妻子酒窝储满笑靥，脉脉含情中，特意摘下一个李子喂到邵乾刚嘴里。香甜的味道，是过去一直没在意的。此时此刻，他觉得这李子太清脆了，甘甜如蜜，余味无穷。

　　清晨起来，望着挂在枝头熟透的李子，邵乾刚认为这梦没有什么特别，只是日有所思夜有所梦而已。可是，出于对梦的回味，邵乾刚走向李子树，顺手就摘下一个放进嘴里。

　　我的天！这李子怎么就与梦中的味道一模一样呢？这滋味是往年一直没有在意的，想不到是这么美妙可口。与市场上大吹特吹的各种品种李、脆香李相比，这乡土的味道，厚重而清纯，甘甜而不张扬，正宗而淳朴。就像自家门前齐岳山上的云，轻盈而又迷醉，飘逸而又暗含芬芳。于是，邵乾刚突发奇想，为了爱情，要把这树李子品种保留下来。并种在房前屋后培植成林，让萦绕的情爱相思，触目可及，绵绵不绝。

这是一株啥李子树呢？是何年何月何人栽种的呢？也许是走在茶马古道上一位多事的人，从一个什么不知名的地方带来栽种的；也许是他的爷爷，或者是爷爷的爷爷，在一个什么日子无意栽种的；也许是一只鸟儿衔来的种子发芽长成了树。总之，不管是怎么来的，他已无法溯源了。他只想让窈窕美妻靠过的李子树，年年都开花，岁岁都结果！

邵乾刚开始培植李子树了。他采用分茎和嫁接方式，历经两年在自家地头栽满了李子树。他没想到要扩大规模做成什么产业，只是凭一腔情怀在自家地里栽了下去。突然之间，他觉得面积太小了，应该成林成片地栽，春天看花的海洋，夏天观果的世界。于是，他就向连地接界的邻居借荒废的土地，约定在外打工不种地时，就由他栽种李子。如果邻居回乡定居收回土地时，就把栽种的李子树作为报酬。就这样，他一株一株地培植，一亩一亩地栽种。马拉松似的干了6年，李子树就种出400多株，占地达20余亩。2018年，无心插柳柳成荫的李子获得丰收，40000斤李子，一下就卖了8万多元。

此时，邵乾刚才觉得这具有久远历史的，且又不知名的土李子，居然这么畅销，还受人喜爱。不少水果贩子慕名而来，若来晚了，就只能扑场空。对此，镇村干部高度重视，决定要把这土生土长的宝贝果子发展起来，做出规模，做成品牌，使之成为脱贫致富的带动产业，让梧桐村自育出来的土李子，名响四方，引凤来朝。

2019年1月23日，村干部听他讲完爱情故事，就为他谋

有一种爱情叫李花

划起当年的销售模式来。大家得出一致意见：一是宣传引进商家订购，签下合同，以固定价格确保收入。二是利用电商平台先期进行营销，扩大网络影响，多维度提升土李子的知名度。三是注册品牌商标，发布消息，欢迎城里的家庭来这里认领李子树，不计李子挂果多少，只按每树500到2000元不等包干收费。让认领家庭，春天来看自家李子树开花，平时节假日来为李子树施肥和除草，收获时节再快乐地携家人来摘果。每来一次，就由邵乾刚的儿子儿媳开办的农家乐招待他们。如是有百余株李子树的认领数，客人来来去去中，农家乐的收入一定也很可观。

这是怎样的一株满寄情爱的李子树呢？它让邵乾刚在对老伴的相思中，不光看到了延续绽放的美丽景色，还深深感到自己培植成功的李子林，一定是上天赐予的让村民发家致富的摇钱树。

随着村里对茶马古道文化的挖掘，邵乾刚培植出来的天赐李子树，必将成为人们推崇的爱情之树。所结的梧桐土李子，定将成为浸润心田的芳菲圣果。

春天的风，依稀吹拂南国。绽开的李花，已暗暗酝酿在枝头。也许不需多少日时，除大小商家来签约外，还会有络绎不绝的人们携家带口，或是成双成对去到梧桐村2组邵乾刚的家，认领凝结爱情的李子树，迷醉花间，期待收获。

# 尽孝致富发"羊"财

　　不济的命运就像挥之不去的魔影，缠着龙驹镇梧桐村3组的成香，让他好一阵子都没喘过气来。初中毕业的他原本打算在外打工，想着凭其自己的身强力壮和吃苦耐劳，要不了几年，相依为命的母子就会在村里富出个样子来。可是，就像是在验证"人算不如天算"的这句老话，2012年冬天到来的时候，母亲谭远珍突发脑溢血倒在地里，要不是邻居看见进行了施救，母亲早就不在人世了。

　　在广州打工的成香得到这个消息，赶到医院看到抢救过来的母亲，一阵心如刀割中，就流下泪水来。他没想到爸爸失踪几年杳无音信后，母亲又因脑溢血而半身不遂。

　　百善孝为先！成香不能丢下生活不能自理的母亲再外出去打工了。他不得不面对眼前的处境，选择在家侍奉母亲，并种着一亩三分地的庄稼以维持生计。

　　对一个30多岁的小伙子来说，无奈和焦虑是无以言表的。再加上母亲不能断药，打工挣的钱用完了，家中能变现的东西都卖了，母子两人日子一天比一天过得拮据，慢慢地就滑向了贫困的深谷。村支书郎定高看在眼里，急在心头，直想找个路子让这家人摆脱困境。2015年，成香家毫无异议地被列为建档立卡贫困户，村里就一户一策地为之谋划起致富门路来。

小的时候，成香就放过羊，成片成岭的山林为羊提供了天然的饲养场所。因此，成香虽说不上有丰富的养羊经验，但确有一套深藏于心的养羊套路。于是，村支书郎定高就同成香舅舅谭远驹和谭远忠商量，想请他们为有养羊能力的成香提供资金帮助，购买山羊进行饲养，以让其通过激发内生动力，尽快从贫困处境中摆脱出来。

2016年底，成香得到两位舅舅合借的3万元现金，从外地购买了10只南江黄羊进行繁殖饲养。在成香的精心喂养下，羊很快长起来，2017年就见效出栏8只，收入7200元。除去成本，实现净利润4000余元。

本以为会打一辈子光棍的成香，突然就有爱情的春风向他吹过来，温暖着他冷寂而自卑的心。在爱的芳菲包围中，成香终于把美丽的新娘闫代群娶进了家门。在有妻子帮他照顾母亲和打点家务后，成香在养羊项目上，就更加全神贯注了。2018年，出栏20多只羊，收入近2万元。除去成本后，实现净收入1万余元。成香一举成为依靠自身发展动力跨越脱贫线的典范。在龙驹镇政府2018年12月16日举行的"龙驹镇2018年度脱贫光荣户表彰大会"上，他光荣地成为全镇十大脱贫光荣户之一，受到了表彰。就在上台从龙驹镇党委书记张凤政手中接过奖状的那一刻，成香突然有了更大的想法。他瞄准了人们普遍增强的养生意识，凭人们对生态山羊肉的青睐，决定再扩大养殖规模，力争用勤劳的双手，在党和政府的政策关怀下，把小康的富裕日子打造出来。

这不，在 2019 年 2 月 11 日，也就是正月初七上班的第一天，村支书郎定高和农行驻村干部向小阳来到成香家中，鼓励他申报 5 万元小额扶贫贷款，把养羊项目做大，以助他开拓出更加宽敞明亮的致富之路。

让儿媳妇闫代群把自己扶到门外坐着的谭远珍，看着远方起伏的群山和袅动蒸腾的万壑云烟，过去历经的所有不幸与苦痛，全都在春风拂面的暖意中一笑释然。老人家坚信：未来幸福的日子，一定像即将到来的姹紫嫣红的春天，群葩竞放，鲜花盛开。

# 情倾贫困村　梦托李子园

　　李子树长花苞的时候，或许会让人想起"吹面不寒杨柳风"的诗句。可是，当你到龙驹镇分水村海拔 600 米到 800 米的粉黛李子产业园时，却会感受到二月春风似剪刀。

　　"咿！天这么寒冷，对李花的开放不会产生影响吧！"我不无担心地问起驻村第一书记邓学梅。

　　"不会的。"邓学梅提了一下领口，哆嗦了两下，用肯定的口气回话说，"'梅花香自苦寒来'，这李花也是一样的。"

　　"李花习性与梅花能一样？你了解？"我有些疑惑了。

　　"'没有两刷刷，敢留长头发？'若不了解，500 亩的产业园遭受损失，我能向村民们做交代？"

　　那倒也是。我心里在自顾这么说的时候，可又在想，近几年听人说很多地方都在发展李子产业项目，同质化的无序发展，如果到时形成供给过剩，这李子又卖给谁呢？面对这个颇有性格的女人，我还是没忍住向她探究起发展李子产业项目的缘由来。

　　她望着我笑了笑，一定是洞悉了我心中的疑虑。我还认为她是在做面子工程，至于后续能否产生效益，可就难说了。

　　她对我有这样的想法表示不服气，要向我证明她不是来做面子工程的，而是来真正为村民干实事的。于是，她就把来村里担任第一书记的经历，一口气地对我讲了出来。

那是2017年11月的一天，坐在办公室里烤着电炉的她，完全没去关注山上的第一场雪比往年来得早些还是晚些。临近年终了，她正在筹划盘点一下工作中的数据，欲为这个年度做个圆满的总结。正当此时，重庆市万州区公路局领导找她谈话，欲让她这个财务科科长到龙驹镇分水村去担任第一书记。

她一个成长在城里的人，从来就没同农民打过交道，现在要把自己派到边远艰苦的农村去工作？若是去走马观花混日子还行，可是让自己去当领导做第一书记，自己两眼一抹黑的，不是在"赶鸭子上架"吗？她向领导试探地问不去行不行。领导说这是一项政治任务，不仅要到村里去，而且去后还不准过"官瘾"、混日子，要抓铁有痕，带领村民致富，做出成绩来。

她还想问领导可否另派人去。可是，又一想，自己作为一名共产党员，不能任由自己使性子，更不能讨价还价，于是她就把任务接受了下来。

心里没底的邓学梅来到了分水村。在两山夹一沟的地貌中，一条弯曲不平的乡村公路穿村而过，比机耕道好不了多少，给无产业、无生气的分水村，更添了几分萧条的感觉。虽然不能听到鸟儿在欢叫，那也只是在它们的世界里歌唱，让人感到不是"鸟鸣山更幽"的惬意，而是"鸟鸣人更寂"的凄落。

她在召开第一次村两委会时，就被浇了一盆冷水。年富力强的村支书张洪斌正想辞职不干了，不完全是因为工作压力大，更主要的是看到无力改变的山村贫困面貌，自感对不起村支书这个称呼。带头富起来的村主任李绍波也想辞职不干了。作为养猪大户，他没法做到让家家户户养猪，这是个讲技术的活，并且风险大，如有什么闪失，这责任可是他担当不起的。

村看村，户看户，群众看干部。干部都在这么想，她这个初来乍到的第一书记，该怎么干呢？自己不来干这个第一书记就算了，既然来了，虽不敢说要树个什么丰碑，起码也不能一来就看到村两委领导班子散架垮台呀！这让她第一次感受到了什么叫"火星子落脚背"，第一次明白什么叫辗转反侧睡不着。

她突然想起村里一位老人的话："这个地方穷，就是因为分水这个名字聚不住财。东边水分云阳泥溪，西边水流龙驹赶场。山高田少地不肥，除非是外出打工挣钱，光靠种地致富，是半点门路都没有的。"听到这话，邓学梅的心凉了半截。此时此刻，她望着窗外的星光，又依稀觉得"分水"这个名字并没有那么倒霉，那分水镇不是也叫"分水"吗？那全镇发展的李子产业，硬是火火红红，名扬四方。同属万州区的两地，为何差距就这么大呢？此分水不是彼分水了吗？别人发展李子，我们这里何不借名沾光也把李子产业发展起来？经了解，本村也有900亩李子，为什么就不能把这个产业做好呢？

村两委会上，邓学梅问："为什么大家守着900亩李子还叫穷，抱着金娃娃还不识宝？"

不提这话还好，提到这李子项目，村主任李绍波就来了气。他没管该说还是不该说，反正是脸一红，嘴一张，不计后果地说了出来："那是个狗屁900亩李子项目！全是'水里打屁——估（咕）的'。"没等邓学梅问为什么，李绍波又急不可耐地接着说，"前些年，我们头年栽种，第二年就要报收入，并且还要报亩数，我们是按每亩栽40到50株估的。当时李子树都是分到每家每户栽的，房前屋后和沟沟坎坎到处都是，哪是什么成气候的产业项目！"

村支书张洪斌接话说："后来，扶贫验收时发现问题后，我们还受了批评。后话现在就不说了，可是这李子发展当时没做充分论证，只叫一哄而上地种，现在结的果子味道不行，品质又差，不仅赚不到钱，群众意见还不是一般大。"

"为什么别的地方种的李子好，我们这里的就不行？"邓学梅不解地问。

村支书张洪斌说："可能是品种和气候的问题，具体怎么回事，要问农艺专家才知道。"

这事不能再追究历史了，邓学梅只知道几万株李子树不能产生效益太可惜。她赶紧回城找到朋友何才智，专请他这个农艺专家到村里来给李子树把一下脉，看能否想出个什么办法提升李子品质。

农艺专家何才智来到分水村，分析了气候、土壤、海拔，认定这是个发展李子产业的理想之处，此分水与彼分水的李子产业发展前景，存在异曲同工之妙。

得到这样的结论，邓学梅高兴了，她让何才智赶紧为这里已栽种的李子想个改良办法。

可何才智说，就现在这么个单打独斗的种植方式难有什么作为，并且所谓的改良，不是花一点力气就能做到的。农艺专家打了退堂鼓。

这可急坏了邓学梅，她对何才智动火说："我把你请来就是让你说不行的吗？如果我知道行，并半点不费力气，我找你来做什么？今天不给我弄个上坎下落，你就别想走出分水村半步。"

这女人真横，能用这样的口气对农艺专家讲话！没把她的气话放在心上的何才智耐心地对她说："邓学梅！作为朋友，我实话告诉你，只盯着栽上的这些不适合发展的李子品种是没出路的。改良并非一日之功。如果你真想为村民做事，你就得下大力气，做标准化李子种植产业园，选择优质品种，做就做成功，做就做赚钱。"

"好！那我们就做产业园，李子品种由你来定。"

"哈哈哈！"何才智放声大笑说，"说得轻巧，当根灯草！你以为产业园就是这么好建的？就基础设施一项，投入就要上百万。钱从何来？你这个第一书记想过没有？"

当听到要投入上百万，邓学梅惊呆了，她一屁股坐在椅子上，干望着请来的农艺专家走出了门，接着就听到离开的汽车马达响起来。

邓学梅从来没感到这么无助。在单位里，作为内当家的她，哪怕经费再紧张，她都能精打细算谋划渡难关。在家里，她是一根顶梁柱，轻轻松松就能撑起一片天。可是在眼下，想要为村民做点事，这个钱，天上不掉，地上不生，不知道该向哪里去伸手，真的是把她难住了。

不知道是出于什么心理，或许是好奇，她又去找农艺专家何才智聊李子的事。她想知道如果在分水村建李子园，应建多大的规模，应发展什么品种，亩产能达多少斤，产生的收入和成本有多少，每年能获多少利，销售渠道怎么打开。她决定从财务管理分析的角度，把这个账算一下，对自己来说，也算是增长一些知识。

何才智告诉她，如果要发展李子产业就得种粉黛脆李，这是他研究培植出来的新品种。这李子成熟期在七八月份，与其他五六月份成熟的李子错开季节，以确保市场不过剩。这种李子产量高，每亩在 3000 斤以上，市场价在 7 至 15 元之间。就按最低价 7 元算，每亩就可收入 21000 元。除去每亩生产成本 5000 元，纯收入就达 16000 元。

这真是个很诱人的项目，农村哪怕是种水田，每亩也难有两三百元的纯收入。做这个项目，每亩的土地价值就增值这么多，若把农民因外出撂荒的山坡土地利用起来，这该有多好！可是，前期土地整治、灌溉水池和道路建设，没有上百万元是拿不下来的。虽然国家每亩要补助 2000 元，也要建设先垫，超出的支出还得打进成本自己筹。接下去的几天，她又到政府相关部门了解产业发展的相关政策，在全面算清收支账和把握住政策后，就打定主意要干这个项目。她采取的方法，一是申请资金垫支，二是采取入股筹集。

邓学梅一回到公路局，就把到村里的工作感受和欲发展李子项目的想法向党委做了汇报。党委研究决定，拟拿出 90

万元工作经费做李子项目启动垫支资金，待国家项目补助资金下来后再归还。有这90万元的启动资金，邓学梅发展李子项目的底气足了。回到村里，凭自己的财会专业知识，她就做起入股筹集资金的方案：

一是将国家的产业发展补助资金的一半，作为村集体资金参股，占股比例为22%。二是村民以土地使用权入股，占股比例为30%。三是村干部带头入股资金，最低入股1万元，最高不超过5万元。普通群众最低1000元，最高不超过5万元。对128户的贫困户、五保户和低保户，由帮扶单位为每户捐赠1000元进行入股。四是将国家产业发展补助金的另一半作为现金入股的1:1奖励。

在村民大会上，方案得到全票通过，50万元入股资金，不到一周就筹集了起来。

现在有了足够的钱，梦该实现了。2018年1月18日，分水村500亩李子产业园建设项目破土动工，6月完成李子树栽种。成片连岭规范化、产业化的李子产业园，为分水村的现代农业绘制了全新图景。2019年2月11日，重庆市委常委、万州区委书记莫恭明来到李子园，对发展起来的并可持续取得收益的李子产业园深表认可，并对创新的股权化改革模式给予充分肯定，同时还对邓学梅一心一意为村里谋发展、为村民谋利益的履职精神给予表扬。

春天来了，结苞的李子快开花了，邓学梅说："在今年李子取得收成让群众得到实惠后，接下去就对全村李子产业园进行改造，并将过去栽种的低品质李子以嫁接方式改良成粉黛李。按照一村一产业的发展要求，彻底改变分水村的面貌。"

李花就要盛开了，如果你慕名去到分水村，看到邓学梅利用向区公路局争取来的资金在河沟中架起三座公路桥和两座人行桥连通山岭，定能感受到农业合作化的伟大力量。并且相信，中国农村是大有希望的一方天地。

你若问倾情实干、大胆创新的邓学梅和村两委领导分水村什么时候脱贫，她会满怀信心地告诉你：在2018年龙驹镇综合考核中获历史性突破取得第一名的分水村，不在脱贫中苦纠结，2020年直接致富奔小康！

# 点亮脱贫致富灯 幸福光芒照山岭

2017年9月，重庆三峡中心医院党政办副主任骆健，被派往龙驹镇灯台村担任驻村扶贫第一书记的时候，就决心要点亮灯台这盏脱贫致富的灯，让幸福的光芒照亮灯台村的山山岭岭。

刚到村里，当他正谋划通过发展产业大干一场的时候，一个烂摊子就摆在了他的面前。2014年，一企业老板到灯台村流转100余亩土地发展蔬菜产业，因没干出名堂，2016年底屁股一拍就不辞而别了。荒芜下来的蔬菜基地不仅伤了村民的心，而且让想再行发展产业的骆健遇到了巨大阻力。与他一同规划村里产业发展的龙驹镇党委副书记郭代伯说："业主跑了后，不仅留下了这个烂摊子，而且还欠下90多户村民10来万元的土地流转金，镇上一直想通过再次发展产业来把这个问题解决掉。因没找好契合点，所以就搁置了下来。"郭代伯同时希望骆健担起扶贫责任，不惧烂摊子，干出名堂来。

骆健说："这个烂摊子是检验村两委有无担当精神的试金石，不解决好蔬菜基地的遗留问题，群众组织不起来，啥事都别想干成。"于是，骆健与村两委商量，要先收拾好这个烂摊子。如何收拾？是让群众自己种自家的土地吗？如果是那样，今后群众再也不会把土地流转出来发展产业了。引进老板来经营，可是有哪个老板愿意来接手这个烂摊子呢？

骆健想了个主意，先让村干部把这个烂摊子接下来。2018年4月，他让村党支部书记成良富与村主任张友智、村综治专干林森、村综合专干罗中华在自己的姓名中各取一个字，组建了智富森华农业专业合作社，专门处理蔬菜基地的遗留问题。同时还向村民表决心，一定盘活这100亩蔬菜基地，给群众交上一份满意的答卷。

在专业合作社成立后，首先就要解决资金问题。骆健回到重庆三峡中心医院反映了灯台村的困难，随即得到单位领导支持，无偿投入60万元作为合作社的启动资金。有了资金，他就主持村两委做出产业发展规划，决定以发展食用菌为主，瞄准市场，把时令蔬菜和食用菌产业做大盘强，用实实在在的产业增收盘活这个烂摊子，聚合力量加快灯台村的脱贫进程。

在村干部带头下，一些致富带头人也加入了合作社，涉及土地流转的90多户村民也增强了发家致富的信心，欣然将土地入股到合作社发展产业。村里还帮助张和菊等6个贫困户每户向银行申请到5万元的小额扶贫贷款，共30万元，也入股加入了合作社。另外，村里还决定让全村125个贫困户以土地和劳务收入入股方式加入合作社，按合作社取得收入的5%进行年度分红。

2018年7月，合作社种植的4万袋食用菌和时令蔬菜获得丰收，产品变成商品卖成钱的问题又出现在眼前。就在大家犯难的时候，骆健带领村两委成员，锁定万州城区的超市和农贸市场，一家一家地登门拜访和推介产品，最终落实了几家长期合作商家。同时还把村里产的西瓜向三峡中心医院进行推介，因品质上佳和绿色无污染，还出现了供不应求的情况。

打开市场后，骆健与村干部白天忙村里的工作，下班后就到基地帮忙采收蔬菜。遇到销售旺季，为确保蔬菜新鲜，大家每天夜间送货到城区超市，回到家里常常已是深夜一两点了。

特别是在2020年的疫情期间，灯台村的蔬菜被指定为万州主城区市民的保供产品，在担起这份沉甸甸的社会责任时，骆健不仅没让蔬菜价格上涨半分，而且严格确保蔬菜供给量和质量。他说，这个时候就是考验村两委和共产党员的社会责任担当，以及面对天灾疫情彰显善良人性的时候。

截至2020年6月末，合作社食用菌销售收入达50余万元，其他蔬菜销售收入达20余万元。

骆健表示，到今年年底，合作社将举行第三次分红大会，预计分红金额达20多万元。如贫困户张孝田夫妇，一年下来不仅可以挣到3万元工钱，还可从合作社取得2000多元分红。许多村民同他们夫妇一样，在脱贫越线后，将不断向幸福的小康生活迈进。

现在，骆健正规划发展年产量达6万袋的大球盖菇。他说通过多品种种植，就可以实现多渠道收入。

两年多来，骆健与灯台村的村干部一道，携手当起致富带头人，带领村民及贫困户收拾好了历史遗留的烂摊子，种出了新的希望，村民打趣地夸赞他说："从重庆三峡中心医院派来的骆医生，不仅会坐在医院里把脉问诊医病，而且来到村里还会把脉问诊医贫，真是我们村民的贴心好书记！"

# 广厦千万间　寒士俱欢颜

2019年2月25日，竣工的小河口贫困户搬迁点，接待了花坪村5组的贫困户老人朱家珍。她要到即将搬进的新家进行体验。她在眉飞色舞中，摸摸光滑节能的瓷砖灶台，接上一捧清澈甘甜的自来水，开关几次光照通明的白炽灯，感动中就把心窝里的话掏了出来。她说：自妈肚子里生下来到今年66岁，根本就没想到贫困有人管，生病有报销，危房政府来迁建。一直住在树上掉个柚子下来就顺坡滚下河沟的大山上，早晚就担心自己与83岁的老伴杨本学哪天腿一软，就从山上滚下去了结了自己的这一生。谁知像是做梦，她和老伴不花一分钱，就能住进新房。在这四平八稳的房子中，半点都没有像住在山坡上怀有的那种性命之忧。

回溯朱家珍老人居住的花坪村，还有着丰富的茶马古道民居史。那些沧桑百年的残垣断壁，似还能把茶马古道上的悠悠岁月，向人们娓娓道来。吊脚楼上，阑干窗前，依稀听到绣球抛落下来的声音，让砸中头的盐背子，把相思背向大江南北、岭外山川。苍松翠柏间，磨光的石板路，铭刻着当年来来往往的身影和一路上的传唱吆喝声。特别是立在排柱上的楹联和嵌进古院正堂的牌匾，不仅显出深厚的书法功力，而且还满溢着文化的芳香。至今保存完整的龚家大院、成氏和蒲氏民居，就是这个花坪村的历史名片和寻古探今的文化标签。

依稀之间，当年茶马古道上的繁荣和川鄂贸易往来的昌盛，尚能听之入耳，唱之回声。可是，随着时代的发展，茶马古道就渐渐沉寂冷落了。不仅如此，衰落的山乡伴着贫困，便生长出了像朱家珍老人那样的凄楚和悲戚来。

随着改革开放，虽然不少村民外出务工富起来后，把自家危房旧宅推倒，吸纳古院民居的根并凝结现代建筑理念的魂，把住房建成了城里人眼中的别墅，但是，那些因各种因素不能摆脱贫困的贫困户，还只能住在上世纪建成的破旧土坯房乃至危房里。在钢筋混凝土建筑与这些破旧土坯房的对比中，极不协调的尴尬撞击着人们的心灵。于是，农村旧房危房改造成成了迫在眉睫的事。

随着经济社会发展，党和政府对民生的关怀政策力度日益加大，C、D级危房改造及窝棚户、岩洞户搬迁，被提上议事日程。在花坪村的879户中，就有C级危房26户、D级危房48户、岩洞窝棚户31户，是龙驹这个深度贫困镇旧房危房改造和搬迁户最多的一个村。自2015年以来，镇、村两级领导积极引导村民采取异地购买、新农村搬迁、村民自建等方式改造居住环境。截至2017年年底，已完成82户搬迁改造。剩下的23户，基本上为鳏寡孤独和老弱病残特困户。若异地购买，即便有国家补助，也没有自有资金支付差额。若采取自建方式，把地一买，建房资金就捉襟见肘，很难建起像样的房子来。因而，这些人家一直拖着不能住进新房，这让刚走上代村主任岗位的蒲自鱼十分着急。经认真思考，他决定采取招标代建方式，一次性解决遗留的危房改造问题。2018年7月10日，经与龙驹镇建筑公司老板肖吉富签订房屋承建协议，选择了小河口和阳火坪等9个点进行搬迁房屋建设。随着2019年5月最后一处搬迁房屋竣工，花坪村应该搬迁和改造的房屋全都建造、改造完成。包括贫困户在内的全体村民的居住环境大为改善，曾经那些残存的危房老宅，成为一段历史记忆。花坪村人在"广厦千万间，寒士俱欢颜"的畅怀诗情中，拥抱起崭新的生活，迎接起绚烂的曙光。

# 妹妹大胆地往前走

2017 年 12 月 18 日，山顶上的积雪，没经住半天的阳光，就悄无声息地消融了。盘旋的机耕道上，如风似雾的尘土在车身后一路追逐，像蜿蜒匍匐的长龙，久久都没有散去。

远山在越野车的螺旋式爬升过程中，不停地展开分明的层次，开始像屏风，接着像帷幕，再接着就像奔马和巨浪。到达花坪村 8 组目的地的时候，群山简直就汹涌澎湃起来，气势磅礴，无边无际。要不是天空有两只苍鹰在盘旋，还以为已进入了太空，天下再没有比这里更高的高山了。

从白羊镇来到这里欲发展李子种植项目的余章艳情不自禁，完全被这自然风光迷醉了。她呼喊着，跳跃着。哪怕不时穿过羊肠小道和蓬草过人的荒野，甚至还跌了几跤，她也觉得开心与惬意。选择做李子种植项目，可能再没有比这个地方更让她一见钟情的了。她在心头打定主意，就来这里投资，只等村干部落实土地流转的事情。

陪同来考察的驻村第一书记李小军和村专干丁志超，看到余章艳一副欣喜的样子，心想这项目成了。想要引来大老板发展项目带领村民致富的焦虑神态，在他们眉宇间得到舒缓。他们大出一口气，也都跟着高兴起来。

看过风景，议过项目，谈过细节，分析过问题，一切的进展都在兴奋和谐中进行着。尽管寒冷有针扎般的穿透力，但人们此时心中却是温暖的。

当一切谈得只差具体落地的时候，大家才上车，欲把余章艳沿道送回村里去。

上山的时候，余章艳的目光是向上向远看的，让她感受到的全是旖旎风光。此时下山，眼睛是向下看的，她坐在副驾座上，深沟险壑、悬崖绝壁一览无余。她的心突然一紧，双手抓住汽车全安扶手，惊汗哗地就涌了出来。她半口大气不敢出，生怕有个什么闪失而让自己回不到村里去。真是怕什么就来什么，正在她这样担心的时候，车轮在石子路上不住地打滑，一踩刹车，人和车就都往下倾，好几处都把她吓得惊叫起来，最后终于控制不住还是滚落出两串泪珠来。先前的兴奋，都在凶山恶水的折磨中荡然无存，甚至连在山上跌倒几次的欢笑，也变成挥之不去的噩梦，好像一直就没有爬起来。

她突然觉得自己从来就没有见过这么陡的山，从来都没有走过这么险的路。

真是见鬼了，自己咋就要跑到这山上来发展种植项目呢？

她怨起了农科院的专家。要不是他们带她去与这座山一脉相接的云阳县耀灵镇考察，说那大山上的气候和土质最适合种他们研发的香脆李，她怎么都不会跑到山这边的花坪村里来。

她怨起中药材研究院的教授来。要不是他们带她到海拔1000多米的山里说这山里适合种药材，她也不会"众里寻他千百度"绕到这里来。

接下来，她还怨自己不听家人劝阻，自以为是地一时冲动，以为会从这里抱回个金娃娃。

回到村便民服务中心，余章艳没再歇脚，立即上车跑到镇上，找个宾馆就住了进去。她像是找到了个安全笼子，牢牢地把自己保护起来，只待次日天明，便打道回府，向这个把她吓得魂飞魄散的地方说拜拜！

夜是沉静的，但由于受到惊吓，她睡得不安稳。只要一闭眼，悬崖绝壁和深沟险壑就浮现于脑海。她想不通在这样的地方，村民是如何生存下来的。脱贫致富的小康梦，又该如何去做呢？

就在她辗转反侧到深夜一点的时候，李小军给她发来短信，说他们正在那个高山上同村民协调流转土地，力争三天把这个重中之重的事情办下来。

看过这条短信，余章艳眼中含满泪水。她没想到这里的干部会这么尽责。在把她送回村里后，又赶上山去同村民连夜开会。这上上下下的，他们难道就不怕风险？他们难道就不顾及自己的生命？还有深更半夜与村民开协调会，在多少吵闹中，不厌其烦做村民的工作，他们何苦要这么做呢？他们究竟是为了谁呢？

感动之余，她觉得自己真不好打退堂鼓了。她甚至感到自己似乎有一份责任要在这里把项目干起来，还要做一个带头人，帮村民富起来。

路不好可以修，山再高脚可攀。只有吓破的胆，没有吓退的心。或许还是因为讲义气，她不假思索立即回了短信，表态如果能用三天把地流转过来，她也就用三天安排挖掘机开到山上去。

地流转下来了，她信守承诺，真就用三天时间把挖掘机调了上去。

听过她的开场白，我有些吃惊。无论是搞投资，还是发展项目，都必须讲科学。特别是农业项目，如果得不到科学论证，只凭热血一涌就拍板，那一定是在搬起石头砸自己的脚，最终会落得个"竹篮打水——一场空"的结局。面对这个让人感到矛盾且又富有魄力的女人，我在好奇中想多向她了解一些事。只要我一提问，她就会一口气讲出一大堆故事来。

约是2011年10月的样子，24岁的余章艳上街赶集，突然看到满街的柠檬无人问津，她不自觉地就把眉头紧锁起来，那是因为她似乎看到农村的田间地头，大片大片的柠檬掉在地上无人捡拾。她在纳闷不解中自言自语道：既然当初大面积发展，这东西就一定有价值，哪怕现在看起来一文不值。如果能找到销路，就是卖5角钱一斤，一万斤也能收入5000元呢！全镇的柠檬产量肯定不下几十万斤。这化成泡影的钱，直让她心头感到一阵疼。

回到家里，她就在网上查知，柠檬不仅可以入药，而且还能做饮料、香精和化妆品。四川安岳县还被评为"柠檬之乡"，每年产值大得惊人，并且成为全县人民发家致富的支柱产业。

作为有心人，她向农科所了解到，白羊镇的柠檬品质与四川安岳的柠檬不相上下，所以当年才把柠檬引种到这里。后

妹妹大胆地往前走

由于销路没打开，品牌没宣传出去，所以结出的果实也都没有产生经济效益。为此，余章艳就向外地联系客户，少量收购开始试销。

由于柠檬品质优秀，很快就打开渠道建立起销售客户网络。再经策划营销，便形成了自己的品牌，有了销售市场。为此，余章艳顺理成章就做起柠檬生意，让群众愁卖的果子一下就能卖1到2元一斤。因为她给全镇人民找到了一条把金果变成金钱的路子，并使柏杨镇的柠檬产业得到长足提质发展，大家就给她送了个"柠檬大王"的尊称。

2017年5月，镇上领导把他们这些当地的致富能人带到分水镇考察李子产业，当时李子园一个叫刘总的介绍，每棵李子树要产100余斤，20元一斤就可收入2000余元。

刘总刚把话讲完，余章艳就提出，想把一棵李子树卖得的钱拿给她感受一下是个啥滋味。当她把钱拿在手中的时候，感觉沉甸甸的。对着鼻子闻一闻，不仅有李花的芳香，而且还有汗水咸咸的味道。与水果打过几年交道的她，也想弄个李子园，到时拿着自家卖李子的钱，也去闻闻李花的芳香，也去品品汗水的咸度。

回到镇上，她请来专家，通过论证，这个创出柠檬品牌的地方，不具有发展李子种植的气候、土壤优势。就在她灰心丧气的时候，专家说有个新品种，可在海拔1000米以上的地方种植。她随专家去了与这里大山连脉、相距不到5公里的云阳县耀灵镇，因土地流转没能与村里谈成，最后才绕了一大圈来到这个花坪村。

种李子的人家，我已接触好几户了。首先必须保证品质，接下来就要考虑销售市场，如出现供过于求的情况，哪还有获利的空间？不知她是否从这方面去思考过。

余章艳说她相信科学，农艺专家来考察过气候，化验过水质和土壤，环境是不成问题的。再就是自己种植李子的地方海拔较高，成熟期比别处晚，市场不存在销售过剩的问题。

讲到这里，余章艳歪头，俏皮地望着我说："你以为我会在一棵树上吊死吗？醉翁之意不光在酒，还在这山水之间。"

听她这么说，我以为她是要借那个地方的高度和风光打旅游牌。她让我猜，我猜好几下都没猜中。接着她才告诉我，她拥有一个私家的"智囊团队"，他们为她提供的决策方案是：地里栽种李子树，李子树下种黄精和赤芍，实施水果药材套种。这看似不是创新的创新，把一块地当两块地用。即使种李子失败了，种药材是不会失败的。

她又告诉我，黄精现在9元一斤，三年后一斤种子就有8斤到10斤的收成，到时候保底9元一斤卖出去，这利润该多大，她让我自己去计算。对于赤芍价格她没告诉我，说要随行就市。但是鲜花可年年取得收入，她与云南昆明做鲜花饼的一家食品加工厂达成协议，所有赤芍花全部销售给他们。

望着流转的214亩土地，她对这个项目充满信心。

我相信她是来做事的。她不光是为了实现自己的人生价值，更是对未来的农业发展走向有着先见之明。

我相信她是来做事的。她不光要自己发财，还要带领村民致富。流转的荒芜土地，头三年按每亩100元支付流转费。

从第四年开始，均按取得纯收入的15%进行分红。除此之外，每年用工就在1000人次以上，按70元一天算，就得支付工资10余万元。村民足不出村就可在家门口取得劳务收入。

我相信她是来做事的。虽然她爱人极力反对，不想让她在外经受风雨，只希望她在家做全职太太带孩子，但她坚决不同意，她认为女人不是男人的附属品，她要为自己设定的人生目标进行拼搏与奋斗，就像她给自己取的微信昵称——"余生有李"那般执着与坚持。

我真心地祝福她能取得成功！妹妹你大胆地往前走，莫回头！

# 扶贫同志哥　助力解千愁

　　为拜访徐圣航介绍的黄显村5组那两位勤劳的老人，2019年3月1日，我同黄成军、杨帆、卿明敬和向小阳几个扶贫队员，翻山越岭去了唐刚菊家。两条黄狗摇着尾巴跑过来，靠住徐圣航的腿，就是一阵猛亲热。唐刚菊像第一次拦住徐圣航那样，背着青草站在公路中间，笑容满面地把大家往家里引。房子虽是土木结构青瓦房，可家中摆设非常有条理，房前屋后也打扫得十分干净。穿过街没几步，就是养猪场。虽然规模不是很大，但养百十头猪一点不成问题。6头母猪按标准化方法饲养在栏中，每头足有200多斤重。见人进去，齐声哼叫的阵仗，像是要咬人，人连半步都不敢向前靠近。暖灯照着宽敞的圈舍，一头母猪即将产仔。睡在暖箱中的10多头小猪仔，不两天就要增添新的"小弟妹"了。猪场外边是休养的养鸡场，只等青草长出来后，就换场把鸡赶进去。

　　在猪圈干活的赖修生，兴奋地向大家介绍养殖过程。随其转过一圈后，才引大家去堂屋门外坐下。他向大家递完一圈香烟后，就伸手指着门前坡下的养鸡场说："这个鸡场是新建的，1000只乌鸡开始下蛋了，每天300多个，供不应求。要不是徐同志尽心尽力来帮助，我的猪和鸡早就养不下去了！"

此时听到"同志",我们沸腾的心中,无不感到十分亲切。

本来是打算看过两位勤劳的老人后,就启程回到村里去,可是,为了"同志"这个称呼,大家就想对徐圣航贴心帮助这户人家的事迹,通盘做一个了解。

2018 年 11 月 9 日,徐圣航到黄显村 5 组,在公路尽头对一户贫困户进行慰问后,返程没驶出 200 米,就见一位老大娘把满背青草搁在公路中间,车一下就被拦了下来。

徐圣航刚打开车门,走过来的老大娘就大声问:"你是干什么的?"

徐圣航陡觉奇怪,自己被重庆市生态环境局下派到这里扶贫不到半月,咋就在入户慰问中遭遇老百姓挡道拦车呢?他不知道发生了什么事,连忙笑逐颜开地回话说:"我叫徐圣航,是重庆市生态环境局派下来当驻村扶贫队队员的。"

还没等徐圣航问有什么事,老大娘就说:"我就找你,快下车到我家里去看看。"

徐圣航下车,抢着背上青草,就跟着老大娘到了不到百米处的她家。

刚到街沿,老大娘就说:"你看我是个多么爱清洁的人,房前屋后都收拾得干干净净。"

的确如此,哪怕房子是土木结构的青瓦房,地上全是土地坝,也被老大娘清扫得干干净净,不仅让人感到利索,而且还突显出一派祥和的生机。徐圣航真是从心里把"不错!不错"的声音发了出来。

放下青草进到堂屋,看了她家卧室,虽然没有气派的现代家具，但那些老箱、老柜、老板凳放置有序，可以想象她家当年即便不是书香门第，也应该是一户相当讲究的人家。

老大娘说与她同龄的66岁老伴赖修生，过去是个好木匠，前几年因患肾结石才放下手艺，回家喂猪养鸡。当年赖修生用挣的钱在龙驹镇街上买了一栋房子，下面有个门面，儿子赖松在那里开电脑维修店，现在生意越来越不好了，还不如两个老的在老家做点事。

听着老大娘的介绍，徐圣航又跟着去了猪圈。大猪小猪"哼哼"直叫，顿感猪的世界是多么热闹。从猪圈走出来，向外绕了没几步，槽坡下养着的1000只乌鸡，长颈引吭，拍翅追逐，场面颇为生动。除跳上鸡窝生蛋的母鸡不能享受公鸡啄食献殷勤外，那些争风吃醋的公鸡，一点不顾人们的笑话，只管与对手打斗，争得死去活来。

回到堂屋，赖修生已生起火笼。高山上的冬天，给人以难挨的酷寒。

身子暖和后，唐刚菊就问："徐同志，你多大了？找媳妇没有？"

"咿耶？"徐圣航在心头想，唐刚菊把自己拦下，难道是想给自己介绍对象？他难拒这份热情，像写简历似的，赶忙回答起来，"我今年30岁，当过兵，干过警察，前几年才转业到重庆市生态环境局上班，被派到黄显村当驻村扶贫队队员。现在单身一人，所以也就无牵无挂。"

"嗨呀！我还以为你才20岁出头哩！"唐刚菊惊讶地说，"30岁，年龄也不算大。有些30岁的人，只晓得靠妈靠老汉儿，好吃懒做。看看你，30岁就有大出息了。还不怕吃苦，来我们这个大山里扶贫，真是不简单！哪个姑娘找了你，硬是叫她有好福气。"

"哦嚯！"从口气中听出来，唐刚菊不是为他介绍对象，只是借此话题来把他表扬一番。

"哈哈哈！"忍不住捧腹大笑的徐圣航说，"这是哪里的话！我来这里搞扶贫，一切都很陌生，哪有什么不简单？向你们这些父老乡亲学习的地方还多着哩！"

"不要向我们学习。"接话的赖修生不停地摆着手说，"你看我们两口子一年忙到头，身体累垮了不说，现在心里还急得像锅开水。猪的事、鸡的事，不知道如何才搁得平？"

这两位老人真是配合得默契，一个把徐圣航拦住引进来，另一个又在进入话题后，把想要解决的问题向他抛过来。徐圣航不得不在心头佩服一番，也不得不接上这个话题，询问具体情况。

口齿伶俐的唐刚菊接话说："我家的肥猪养大了没法卖出去，快过年了，鸡和蛋也没渠道向外销。天天开门就有上千张嘴要喂，变不成钱的东西，吃就要把家吃穷。看到你去贫困户慰问，心里揣摩你一定是干部，所以就把你拦住，想请你像帮贫困户一样，也帮我们想办法把猪和鸡在春节前卖出去。我们只图脱手，再也不想干这个费力不讨好的养猪养鸡的事了。"

话刚说完，唐刚菊眼中就含满焦虑无助的泪水。

听她这么一说，徐圣航跟着鼻子一酸。他认为，再多的语言都是苍白的，只有实实在在地贴心帮助，才能让他们摆脱困境。为此，徐圣航当即买了100个鸡蛋和一只鸡，还拍了鸡和猪的照片，决定先发出去做个宣传后再说。

冬日的夜来得极早，乘暮色去镇上，找到一家餐馆把鸡炖上后，徐圣航就逐个儿邀请扶贫队员，品尝农家乌骨鸡和土鸡蛋。

鸡汤入胃，那感觉让人把当年母亲做出来的味道找了回来。鲜嫩的鸡肉和鸡蛋入口，在怀旧的情怀中，激发了人们对儿时滋味的记忆。餐桌上，大家不仅是在品尝美食，更是在品味殷殷的母爱与浓浓的乡情。大家纷纷拍照发朋友圈，随即就收到众多点赞。又拨通电话联系销售单位，伙食团也都欣然采购。在桌上品尝了佳肴的岭上村扶贫队队员黄成军，当即定下216只鸡。这是他们单位——重庆市科学技术研究院开展消费扶贫托他在年前办的事。他正在寻找好的土鸡，真凑巧，事情就定下来了。

现代通信的力量真是强大。消息发出后，有按定位导航去购买的，有商家借年关来收购扩大供销的，有通过网络和电商平台向其网购的。没几天工夫，猪、鸡、蛋全销售一空，最后还供不应求。

见到这个利好形势，徐圣航多次去唐刚菊家进行磋商和策划，要求他们继续把让消费者竖大拇指的养猪养鸡项目提质发展下去。当然，仅靠两位老人的力量是不够的。他还去动员赖松，让他放弃电脑维修生意，回到父母身边，扛起担子，把发家致富的养殖产业干起来。春节刚过，徐圣航就帮助赖松把电脑维修门市改成农产品销售门市，既做零售，又开网店。眼下主要是向外发鸡蛋，由于每天产蛋量只有 300 多个，不能完全满足订单需求。他说，3 月 7 号从山东空运 1000 只鸡苗过来，打算把鸡蛋供应产量先做个提升，以做到不对客户失信。

有了这个好开头后，在驻村第一书记胡棋耀的要求下，徐圣航正在规划成立养殖合作社，好让这些高山里的村民能抱团取暖，把地理环境恶劣的山区，转变成产业生态化和生态产业化的优势区域，再创出品牌，亮出名牌，切实把增收致富的梦，做到大山深处的人民群众家门口。

了解到这些故事后，我们对徐圣航刮目相看。一个 30 岁的小伙子，来到农村这么快就进入角色，并像个经验老到的老把式，立竿见影地干出了名堂来。

辞别唐刚菊和赖修生两位老人，我们就沿着来时的路下山去了徐圣航安在村服务中心二楼的卧室。他的卧室可没有他的工作这么出彩。一个锈迹斑斑的单人钢丝床，似乎就要散架了。上面单薄的铺盖，不知是否能抵御长夜的寒意。窗台上，摆满了方便面。若来不及自己煮饭，一盒方便面就凑合了。厨房的冰箱里，除两碗干咸菜外，可没贮藏什么让人眼馋的美食佳肴，大家无不为他的这种简单生活而唏嘘。

一直在脸上放开笑颜的徐圣航，猛地把胸膛一拍，说："我当过兵，干过警察，这样的生活过得多。习惯后一点都不觉得有什么不是滋味。更何况身为一名扶贫队队员，到贫困户家中看到那么多让人揪心的窘况，还有什么不满足，可以让自己去挑三拣四呢？"

听过这段话，大家半句言语都没有了。

# 忠诚履职勇创新 扶贫一线成担当

　　到官坝村4组邓奠忠家做巡访的时候，没散去的晨雾，并没有碍住春花散发出来的芳香。茂林修竹中，各种鸟儿舒放歌喉，直把希望尽情传唱四方。刚做完早活的邓奠忠看到来了位干部，忙搬条板凳过来，热情地招呼骆孟鑫快坐。

　　寒暄一阵后，得知骆孟鑫是由重庆三峡学院派到龙驹镇扶贫的，他对这几年扶贫干部的贴心帮扶和倾情关爱充满感激。可是，想过小康日子的邓奠忠说他人争命不争，前几年老婆患上精神病，自己不仅不能脱身外出去打工，还要天天在家照顾老婆，并且上小学的儿子也需要他留在家里关照。自2015年被纳入建档立卡贫困户后，多位领导来为其谋划过脱贫通道，就因为这些牵绊，除了种地和喂一两头猪外，其他方面的致富通道，自己半点都不敢想，有时真有活人要被尿憋死那般焦急。所以直到当时，他也没在扶贫干部的帮扶下，搞出个像模像样的名堂来。

　　在与邓奠忠交谈中，骆孟鑫认定他是个有情有义且勤劳吃苦的人。邓奠忠充满对致富的向往，只是从实际情况看，他家很有可能要像那些完全丧失内生发展动力的老弱病残和鳏寡孤独的特殊群体，很难凭一己之力去摆脱贫困。他这样的情况，看起来像是官坝村的一个个案，但从全镇掌握的情况来看，这还不在少数。

2018年1月，重庆三峡学院财经学院党总支副书记骆孟鑫被派往重庆市科技扶贫集团驻龙驹镇工作队任工作队员，如何让贫困户脱贫，是肩负驻镇工作队联络协调工作职责的骆孟鑫挂念思考的问题。为实现脱贫一个都不落下，他作为一名驻镇工作队队员，得通过认真思考，从全新的视角，有效地指导全镇各驻村扶贫工作队把工作向前推进。话虽这么说，但究竟该怎么办呢？他说，他纠结过，徘徊过。可是，作为一名从高校到基层工作的扶贫干部，他明白思路决定出路、行动决定结果的道理。在走遍全镇每个村后，他很快就把思路理了出来，那就是要做好"四个坚持"：

一、坚持扶智当先。他说，当下农村，农民不缺少脱贫致富的志向，缺少的是科技知识的普及，作为传道授业解惑的大学老师，这可是他的强项。通过协调，在市科技局的积极支持下，组织龙驹镇申报了20个市级研发项目，支持经费630万元；全面建立科技特派员制度，及时向龙驹镇选派科技特派员21人，分别到16个贫困村和5个社区，利用脱贫讲习所和深入农户及田间地头，面对面、手把手地进行科技知识传授。半年时间中，特派员共举行科技知识宣讲近百场，深入农家田间地头现场传授农科技术500余次。特别是在赶场社区开展的百香果科技知识宣讲，群众普遍叫好，当地群众发展百香果产业的积极性空前高涨，以土地和资金入股的农民络绎不绝。不到两个月，600亩的百香果产业园就建了起来，在全镇形成了近 2000 亩的产业基地。在融入观光农业和生态农业理念后，花开果熟时节的旅游业同步发展，为农民增加更多的附加收入，从而让科技知识在农村盛开出鲜艳的致富之花。

二、坚持扶情为重。在过去的下村调研中，由于许多地方对党和政府的政策宣讲不到位，一些村民对扶贫帮扶措施知其然不知其所以然，甚至有"端起饭碗骂娘"的情况，这让骆孟鑫感到不是滋味。他看在眼里，急在心头。现在作为扶贫干部，他必须尽最大努力去改变这种状况。为此，他和各驻村扶贫第一书记和工作队队员一起，深入贫困户家中，把党和政府的政策宣讲作为与农民进行沟通的重要切入点。通过宣讲，把党和政府对人民群众的温暖关爱送到人民群众的心坎上，努力提升人民群众对党的政策的知晓度和明白度。通过扶贫工作队队员的努力，贫困户知道在我们国家，农业税不交了、贫困户建档立卡帮扶了、农民的 D 级危房改造了、特困户有补助了、丧失劳动能力的有低保了、孩子上学有补贴了、人居环境改善了、生态农业观光农业雏形显现了。在这么多令人感动的好事面前，群众还有什么不满意呢？群众还有什么理由去"端起饭碗骂娘"呢？人都是有感情的，通过不断的宣讲、解释，群众的心气顺了，在感恩之心油然而生后，扯皮的少了，无端上访的没有了，勤劳挥汗的步子加快了。在日新月异的发展过程中，洋溢的是欢笑，放怀的是喜悦。

三、坚持创新为本。骆孟鑫认为，像邓奠忠家的情况，如果要促使其脱贫致富，没有创新的方式是不行的。刀耕火种地种一亩三分地，只能维持生存，要实现对美好生活的向往，就必须创新生产模式，整合生产资源，提升经济附加值。农业生产股份制合作化，将是山区农业实现一村一品的重要途径。为此，他积极寻求市科技扶贫集团和龙驹镇党委、政府的支持，和各驻村第一书记一起开动脑筋，创新模式，引进项目，整合资源，可持续地推进扶贫工作取得成效并创造出更大的经济效益。因下派到村的第一书记有知识，有眼光，有人脉关系，有带领人民群众脱贫致富的干劲，很快就与他们达成共识，并通过上下联动，积极引进项目，实现农业资源股份制合作化改造，"产业业主＋村集体＋农户""带头能人＋村集体＋农户"等种养殖合作模式陆续形成。分水村的 600 亩李子产业园发展起来了，梧桐村的 500 亩芦花鸡养殖园发展起来了，2000 亩百香果产业园发展起来了，10000 亩药材产业发展起来了……这些不断兴起的农业产业，如和煦的春风，必将吹拂在龙驹镇的山山岭岭中，必将惠及加入合作社的家家户户。目前，他又开始与官坝村两委策划创办毛竹和药材种植合作社，到时企望从贫困中解脱出来的邓莫忠，就会在合作化中成为股东，发家致富的梦，就能变成现实。

四、坚持科技引领。为充分发挥科技帮扶集团的科技优势和高校的智库优势，实现地域文化与教育资源的无缝对接，他积极参与制定重庆三峡学院扶贫规划，并承担起具体的落实责任：一是在梧桐村建立农业科技小院，探索人才培养创新与脱贫攻坚相结合的教育机制，组织专家和重庆三峡学院的农业硕士深入一线为扶贫产业发展提供技术支撑。组织科研团队对"三变"改革、村集体经济发展、农民产业利益联结机制的建立进行研究，为政府决策提供强力的理论依据。二是协调重庆三峡学院投入 200 万元，在梧桐村建起 1000 亩延胡索和 100 亩浙贝母药材培植试验基地，预计产值 700 余万元，为农民开辟更多的增收途径。三是组织专家队伍深入挖掘龙驹镇的山寨古宅、特色民居、商贸历史文化和红色革命文化，把龙驹镇的旅游资源激活，以文化引领打造特色文化名镇，让扶贫成果更加丰富和精彩。四是依托市科技扶贫集团，积极协调成员单位定点到龙驹镇采购农产品，通过网上赶场和现场展销，实现农民增收 100 余万元。协调两江新区和万州区组织 35 家企业为龙驹镇贫困户提供 1000 多个就业岗位，给贫困户务工增收提供坚实保障。结合"健康扶贫光明行动"，组织陆军军医大学大坪医院眼科专家团队免费为龙驹镇 10 余名贫困白内障患者实施手术，为他们送去光明。协调市科技局在龙驹小学设立科普教室，捐赠科普教具 10 套、图书 300 册、文具 300 套。

面对 2020 年全面完成脱贫攻坚任务的目标，骆孟鑫表示能参与到这场伟大的事业中，既是个人的荣幸，也是从事教育事业所做的伟大的社会实践课题。这不仅丰富了他的人生经历，而且也让他对新时代"三农"工作有了全新的认识。脱贫攻坚的路途虽然艰辛，但未来的中国农村，必将在全面推进乡村振兴战略过程中，展现生机，凸显辉煌。

# 专干当女儿　老人有关爱

2019年3月1日，第一场春雨如约而至，纵横交错的沟壑，虽然没涨起咆哮的洪水，可如柳丝垂悬的屋檐水告诉人们，若是不用雨具，置身雨中，不上百步，就会被淋成一只落汤鸡。

望着门外的雨丝，程云清老人坐在堂屋内，对所有过往似乎百感交集。日子在清寂和孤独中过着。要不是有村干部每天电话询问情况和专干代祖燕每周约定两次定期上门探望，在无人可以交流的情况中，保不准她早就把语言给忘记了。老人心想，这样的雨天，代祖燕也许不会来了。

谁说不会来呢？上午10点多，代祖燕同驻村第一书记黄未和村支书向金昭一行6人如约而至。进到屋里，老人就拉住代祖燕的手，像是看到亲女儿似的那么亲切，对村干部的到来深表感谢。

代祖燕拍拍老人肩头的灰尘，就问起老人的身体情况。老人说，这几天虽然天气在变化，但除腰痛外，其他没有发现什么不对劲。

老人头上戴着一顶紫红色的线帽，身上套着厚厚的棉衣，坐在那把竹椅上，像是贴住的身子，半天都没能站起来。老人面前放着火炉，火炉上用三根竹竿做成支架，支架上吊着三块猪肉，合起来不过十来斤。燃起的柴火青烟袅袅，三块猪肉已熏出蜡黄颜色。虽不时有阵阵香味发出，但总让人担心，79岁的老人，随着生活自理能力日渐衰减，不知还能不能有力气把猪肉煮熟吃到嘴里去。

这位老人的情况比较特殊，过去住在竹林前边垮塌的土坯房里。虽有个儿子，但因儿媳妇患先天残疾，添上孙女后，一家四口全靠儿子邓永付挣钱养活。由于地少人多，儿子不得不带上一家人外出打工。随着日渐老去，她跟在儿子身边不仅帮不上忙，而且还无端增加负担。于是老人回到家里，成了留守老人。

一天下乡，代祖燕得知老人的情况，心头百般不是滋味，因此就对老人特别关照起来。2015年，老人一家被纳入建档立卡贫困户。有了这个政策，邓永付就想把赡养母亲的职责完全推到村里头。在老人无助的时候，代祖燕就完全承担起了照顾老人的义务，日常用品样样不缺，还同村扶贫专干黄燕一起出资，为老人添置炊具和衣柜，真心实意把关爱送到老人的心坎上。在日复一日的关怀中，老人就把代祖燕当成女儿了。

为唤醒邓永付那颗冷漠和依赖的心，村干部对他进行过反复教育，代祖燕也常与之进行交流沟通，不时还把各级干部关怀他母亲的事迹转告给他。人心是肉长的，再冷漠的心，面对人间关爱，也会被温暖融化。邓永付终于被感动了，愿尽赡养义务，让代祖燕这个不是亲妹妹的亲妹妹为其转交赡养费。

2017 年，村里对老人的 D 级危房进行了迁建。搬进新居的老人过上了吃、穿、住均不愁的日子。但是，孤独清寂的生活，难免生出些许酸楚的味道。特别是随着年龄增长，她的身体每况愈下。为防意外，村里建起每天向老人通话联系的制度。代祖燕仍继续承担起每周两次入户探望老人的义务，同时还做起老人与邓永付连接的桥梁，把情况及时传送，把诉求及时转告。

2018 年 12 月 18 日，重庆市税务局新派驻老雄村的第一书记黄未和扶贫队员丁韬，同代祖燕一起去老人家慰问。不料老人卧床不起，说早上摔了个跟头。见老人神情痛苦，黄未书记二话不说，背着老人就往镇上医院送。经给老人做彩超拍片确诊无骨折后，大家的心才放下来。此次检查的所有医药费，全由黄未、丁韬和代祖燕支付。

在江苏打工的邓永付得知母亲摔倒并由村干部帮其救治后，感动得泣不成声。他在电话那端说自己不仅没在母亲身边尽孝，使其出了意外，还让村干部为之奔忙。只恨自己过去依赖思想太重，忘记了做儿子应履行的义务。面对母亲老去的身影，邓永付打算尽快想出办法，或是找个亲人去陪护，白天为她煮口热饭吃，晚上为她搭上暖铺盖。

两个多月时间过去了，邓永付打算尽快想的办法还没想出来。牵挂老人的村干部和像亲女儿的村专干代祖燕，对老人的贴心关爱，半分都没有消减。

# 这坡梯田铭乡愁

在龙驹镇老雄村的那面山坡上，有风光旖旎的110亩梯田。据老人讲，这坡梯田出产的大米，曾作为贡品被运往京城。反正是从这里老人的爷爷的爷爷口中传下来的。这件事不论是真是假，既然能口口相传，大米的品质当是自不待言。

"我们老雄村的这坡大米，一直以来就好吃。香中带甜，营养丰富。过去走亲访友，若能送去十来斤，可就是个天大的人情。近两年来，梯田还没插秧，就有商家来订购。现在这坡水稻，可是我们村里传统农业种植的宝贝。"村支书向金昭这么介绍说。

既然这么好，为什么不扩大种植面积呢？无论谁都会这么想。可是，聪明不比我们差的先辈把这面坡上能做稻田的山地全都开垦出来了。再说，不知是不是老天爷的特意恩赐，唯独这里的大米好吃，让人交口称赞。其他地方哪怕是同品种、同时间种植，其品质也相差不少。这或许就是"橘生淮南则为橘，生于淮北则为枳"的水土相异之故。

一天，家住老雄村4组的共产党员邹振贵老人，看到村里大面积流转土地发展药材和水果项目。他担心村里会把这坡梯田流转出去，于是就跑到村里对支书向金昭说："向支书啊！我们村里的这坡梯田，是祖上留下来的。那些非物质文化遗产都受到保护，这有模有样的梯田文化遗产，千万毁坏不得呀！更何况这个大米金贵，一定得好好保护下去呀！"

"你说的这个事，村里早想到了。"向金昭给老人递过去一支香烟，打火点燃后，才拍着老人肩膀回话说，"这坡梯田是我们村传统农业的精品，无论现代农业如何规模化和产业化，有特色亮点的东西也一定要保护传承下去，你这个老党员就放心好了。"

听过向支书的话，邹振贵老人才把悬着的心放了下来。

望着老人离去的背影，向金昭想，这坡梯田为老雄村 4 组和 5 组共有，看起来成梯成片，但实际还是各家各户单独耕作，很难形成品牌优势，体现精品价值。眼下，这里的大米价格与普通大米差不多，仅卖 3 元钱一斤。若是通过创品牌、树名牌，每斤就可卖到 4 元以上。为此，他曾召开村两委会决定，让 4 组、5 组共同成立精品水稻专业合作社，在保证绿色品质和提升经济效益的基础上，改单打独斗为现代化农业集约化经营，以把资源的优势价值充分发挥出来。这不仅能让人民群众获得更高的经济效益，而且还能为发展现代农业和旅游观光农业打基础，让山外游子，在"稻花香里说丰年"的情怀中，不忘根本，铭记乡愁。

# 山中宰相　世上神仙

2006 年到 2007 年的两年间，郭文和父母相继去世。独自一人的他，就盘算外出务工，欲通过吃苦打拼，也力争当一回老板。到时衣锦还乡，也好在自己居住的这个贫困山村中光耀一番。

春夏秋冬，寒来暑往，他按自己梦想的方向奋发作为，每年都可存上好几万。

多少个夜晚，想到未来绚丽的远景，他都欣喜若狂地睡不着。日月如梭，时间过得飞快，转眼 2012 年就过去了，他想当老板的愿望也就越来越强烈。他经仔细分析，在城市发展，无论是开店还是做别的什么事，要立住脚闯出一片天地，凭其微不足道的资金实力，那是相当困难的。想当老板，完全不是自己一厢情愿的事。天时、地利、人和，都不可或缺。他打算再到外面去打上一年工，回到镇上，用手中的积蓄先做些小生意慢慢发展。

春节刚过，郭文和依然像过去那样，准备再次去南方打工。正待动身的头天夜里，他突然忍不住咳嗽起来。他以为是感冒，扛了两天不见好转，并且严重得像是把肺都要咳得贴到背上去，最后还一口口吐出鲜血来。他撑着身子到医院检查，诊断结果直把他吓一跳——肺结核。该死的肺结核！把他人生的远景规划全打乱了。在无可奈何中，他不得不住了院。又打针，又吃药，人民币像秋风扫落叶似的唰唰飞去。几个月下来，积蓄就快花光了。出院调养期间，服药还得继续，并且营养也要跟上。漫长的医疗过程，让陷入贫困中的郭文和，几乎对未来不抱什么希望了。人努力天不助，让他常常望着远方群山和徐徐流云，坐在山边半天半天地发呆。

他在想，一个人无论有多大的理想和抱负，无论多么努力与勤奋，只要身体不给力，一切如霜似雾，最终都是梦幻泡影。在透彻的禅悟后，他就一切顺其自然了。

在他住的这座高山上，其他人家都搬迁出去了。若是自己不生病，单家独户的他也许耐不住这里的清寂与孤单，保不准也会选择个什么地方安新家。也许就是他自认为的清寂孤单之地，让他可以天天呼吸着新鲜空气，沐浴着暮霭朝阳，他的身体出现了好转迹象。2015 年，他被纳入建档立卡贫困户受到关怀。帮扶单位三峡中心医院又为其进行了全面检查，进行了有针对性的科学施治，他的身体得到康复。按医生叮嘱，他不能立即外出去打工做重活，以防旧病复发，必须在家静养一段时间进行康复巩固。他认为天天坐在家里，没有经济来源，这日子怎么过得下去？俗话说，"靠山吃山，靠水吃水"，看着整座大山茂盛的山林，他就去买来山羊养了起来。他完全采取散养形式，成天在山上与羊打交道，既调养了身体，也增加了收入。

2018 年初，为给来家中买羊的客人提供运输方便，他便自出资金 13 万元修出一条 800 米长的公路，把村道延伸到了家门口。

看到郭文和自己掏钱修路，有的人就劝他以贫困户的名义去找政府要钱。郭文和却说："我是死里逃生过来的人，好多事已想明白了。对一个人来讲，我感恩大家对我的关爱，感恩各级干部对我的帮扶。在自己能解决问题的时候，何必要啥事都去依赖政府呢？"

2018 年 11 月，他被评为龙驹镇十大脱贫光荣户之一，他那种自强不息、不等不靠的积极脱贫的作为受到了表彰。

2019 年 3 月 12 日，由重庆市税务局新派老雄村的第一书记黄未，带着扶贫队员丁韬，连续两日过羊肠小道，穿过荆棘丛林，翻山越岭两个多小时到郭文和家，拟规划利用大面积林下资源，扩大规模成立养羊专业合作社。由于过去对村里干部存有误解，郭文和不愿与村里和他人合作，只想单打独斗自个儿去放养他的羊。经连日两次坦诚交流沟通，郭文和终于打消顾虑，同意以"村集体 + 他为养殖技术带头人 + 村民和贫困户"模式，成立老雄村养羊专业合作社，以发挥能人效应抱团取暖，实现共同富裕。对此，黄未表示，他将向税务局申请投入 10 万元建羊舍，并将 10 万元作为村集体入股资金，彻底解决村集体经济空心化的问题。

可谓"精诚所至，金石为开"。同意这么做的郭文和，把成立养羊专业合作社的一切事项全托付给黄未。他说他完全相信税务局新派来的这位第一书记。

山上已是春暖花开，只见郭文和在快乐的牧羊吆喝声中，享受着劫后余生的快乐。他说他非常喜欢一副对联："享轻闲不必为官，只要囊有钱，仓有米，腹内有诗书，便是山中宰相；祈寿年无需服药，但愿身无病，心无忧，门前无债主，即称世上神仙。"

望着郭文和穿梭在草丛茂林中的身影，大家无不钦佩这"山中宰相"的作为，无不羡慕这"世上神仙"的快乐。

# 学校是家　老师是妈

在龙驹镇赶场社区的便民服务中心，我遇见一位老人，不经意间就与他攀谈起来。他说儿子媳妇都在外地打工，过年才回家一趟。有个孙子从4岁起，就由老伴在家带着。孙子现已15岁，在前面山顶上的赶场中学读书。我问老人孙子学习成绩如何，老人满面堆笑，同时显得非常骄傲地说，孙子成绩特别好，今年初中毕业，保准能考上重点高中。我夸他孙子争气，虽然父母不在家，由爷爷奶奶带着还不让人操心。老人说那可不是，要不是有所好学校管，有位叫张清的好老师教，不是省油灯的孙子，一定不会好到什么地方去。

这真是个新闻，我忙问老人这所学校及学校里那位张清老师究竟怎么个好法。老人喜形于色地对我说，究竟怎么个好法也形容不出来，反正大家都说这所学校是孩子们的家，张老师是孩子们的妈！为此，我收不住脚步，忙慕名去赶场中学，不光是想看老人所说的"孩子们的家"和"孩子们的妈"，还想去捡拾心中那永远都挥之不去的学子情怀。

这是人间的三月天，山前屋后的桃李正在盛放。雨后的阳光照在花朵上，桃花显得更加艳丽，李花显得更加素洁。蜂蝶翩跹于花间，渲染着缤纷的春意。鸟儿放喉，歌唱着春天的诗情。这让我猛然想起"三尺讲台，三寸笔，三寸舌，三千桃李；十年树木，十载风，十载雨，十万栋梁"的对联来。我一阵快步，走过209级石阶，来到学校的操场上。立定此处，我才发现这所学校是建在一座独立的山峦上。四面青山逶迤来朝，像是绿叶捧出的花朵。四步河和磨刀溪环绕而过，似玉带环腰，不禁让人啧啧称奇。这山峦极像乌龟伸出的头和两只前爪，而这所学校就坐落在乌龟背上。我不得不佩服那位老人向我介绍这所学校地理位置时的丰富想象力。

学校办公室里，校长邓光江正同教务主任牟树华研究初三毕业班的冲刺工作。我说明来意，邓校长憨憨地向我笑了笑。他看起来存有三分木讷的样子，完全没把山里人的淳朴厚道丢掉。

邓校长说自己是这里土生土长的人，1999年从万州师范学校毕业就回到这里当起了老师。当时他看到许多外出打工的同龄人，由于没受良好的教育，在外闯荡，除拼体力外，也没干出什么名堂来。看到一些条件好的家庭，都把孩子带出山外。而留守在家的孩子，大都家境不是很好，许多还是贫困户。这些孩子多由爷爷奶奶带着或是寄宿在亲戚家，家人只图把孩子送到学校混到大后，就重复自己过去的故事，打工挣钱以谋生存得下去，没希望孩子在学习上取得什么好成绩。加上一些乡村学校教学质量不高，许多孩子认为书读与不读没什么区别，于是便辍学在家无所事事。身为满怀乡情的老师，他怎么也不忍看下去，决心要把学校办好，给外出务工的孩子们的父母解忧，让留守在山里的孩子成才。他取"赶"字同音，把

"赶、敢、感、干"四字提炼成校训，即是"赶先敢为，感恩实干"，并定下了三步棋。从此就铭记校训走出来三步棋。

一步棋：确立目标，凝聚老师。面对农村生源普遍锐减和办学前景不乐观的情况，老师们除了焦虑，就在盘算给未来寻条出路。邓校长想，如果学校没有希望，老师人心一散，就像其他那些乡村学校，迟早会垮。他决心要把全校老师凝聚起来，抓住主心骨，群策群力，为把学校办成乡村一流初中而奋斗。要不然，自己如何对得起这片桑梓故土？如何对得起寄托希望的莘莘学子和父老乡亲？他提出"创农村一流初中，让山区学生在家门口享受到优质教育"的办学目标，把老师们的乡愁情怀激发出来。于是，大家在紧咬牙关中，为了这个梦，挥洒热汗，拼命着、奉献着，让学校呈现出兴旺之气，照耀出绚丽之光。

二步棋：精细管理，提高质量。有的地方，之所以学校办垮，除山民走向山外导致人口减少的原因外，很大程度上就是垮在教学质量上。邓校长说："作为一所农村初中，在城市化进程加快的趋势下，没有质量作支撑，是无法生存的，也是无法让百姓满意的。在我们这个文明古国，每个人都有望子成龙、望女成凤的期盼。我们这所边远山村里的学校，对学生的教育，虽然不敢说让每位学子成龙成凤，但父老乡亲把孩子交到我们手中，我们一定不能误人子弟，让他们变成蛇。"学校注重精细管理，不断探索新的教学方法，注重学生习惯养成和传统美德教育。在取得成效的基础上，积极为老师在专业发展上搭建平台，在评职晋级、评优评先、考调进城等方面建立公平的竞争

学校是家　老师是妈

机制。于是，老师就在静心教书和潜心育人中，开展起"比、学、赶、帮、超"的教学竞赛，不少老师脱颖而出，不仅成为学校里的业务骨干，而且还成为全区教育战线上的佼佼者。

三步棋：借力发展，履责担当。学校在国家对龙驹镇这个深度贫困镇的结对帮扶中，主动作为。一是积极争取上海对口支援资金160万元，在校园中进行文化建设和塑胶操场铺设，使学校教学环境得到有效改善。二是在上级支持下，积极组织老师到北京、上海、山东、江苏、重庆等地学习培训。利用《课堂内外》创新作文基地、重庆市初中物理课程创新基地、川外附中同步课堂等平台，助推老师专业水平持续提升。三是利用寒暑假，暖心组织贫困户学生到北京、山东、重庆等地参加研学旅行实践活动，使其开阔视野，增长见识。四是切实开展教育扶贫活动。用实际行动担当起脱贫"五个一批"工程中"发展教育致富一批"的神圣职责，要求每位老师结对帮扶3至5名贫困户学生，每月家访一次进行励志教育、感恩教育和社会责任感教育，以激发贫困户家庭增强脱贫致富的信心，帮助贫困户学生树立自强自立的奋斗精神。

就这样，学校不断得到家长和学生的认可。同时伴着教学质量的持续提升，学校不仅声名远播，而且规模由1997年建校时的3个班扩大到现在的15个班，学生由100多名增加到现在的776名。2014年以来，学校连续5年荣获万州区教学质量考核一等奖。其中，2017年，还荣获万州区教育系统综合考核一等奖。在全区56所同类学校中，名次从倒数的位次排到了前列。当年名不见经传的乡村中学，一举成为人们关注的焦点，还被重庆市教委确定为"重庆市农村初中物理课程创新基地"。学校还有多门学科在全区质量监测中取得好名次，特别是张清老师所教的英语，取得了万州区2018年春季八年级抽测第一名的好成绩。刮目相看中，人们不经意间就把赶场中学的名字，深深记在了心里头。

真是凑巧，邓校长提及的创英语八年级抽测第一名好成绩的张清老师，正是我想拜访的有"学生妈妈"之称的好老师。教务主任牟树华听我这么一说，就讲出了一大堆张老师的故事。

他说："张老师教过的班级，除2018年取得八年级英语抽测第一名的好成绩外，2016年初中毕业的那个班，56名学生，就有29人考上家长和学生梦寐以求的万州区高级中学和万州区第二高级中学。这个比例，对一所乡村中学来说，便是创造了一个奇迹。"

"这真是创造了一个奇迹！"我不由得生出感叹来。

"你知道她为什么能取得这样的成绩吗？"牟主任想让我去猜。这个隔行如隔山的事，我哪有本事猜得出？

不乏幽默的牟主任说："我给她总结的有两点。"我盯着他，看他能说出什么富有新意的亮点来。"一是有严父般的威仪，二是有慈母般的柔怀。"

这个说法我还是第一次听到，何为威仪，何谓柔怀？我便追着他说出下文来。

牟主任给我添上开水说："先说严父般的威仪。一般情况下，新生一入校开学，很多老师就会对学生开始讲授新课。但张清老师却不这么做。在头两个月，她会把精力主要放在让学生形成规矩意识和养成良好的生活学习习惯上，把学习变为学生完全的自觉行为。让学生无论是有老师在还是无老师在，都能做到言行一致、表里如一。这就是张清老师说的磨刀不误砍柴工。"

"一两个月时间，学生就有了规矩意识？就能养成好生活和学习习惯？"我不无怀疑地问。

"是的！就一两个月。"牟主任肯定地对我说，"这两个月，张老师既讲道理，又做示范，同时把团队意识和集体荣誉感树立起来，让每位学生明白行为习惯影响团队的面貌，学习成绩关系团队的荣誉。当每位学生把自己的行为和学习成绩，融入团队层面上的时候，那产生的效果往往是会让人大吃一惊的。"

牟主任建议，让我中午悄悄到张清老师班上去看一看。午饭后，我真悄悄去看了。走到九年级3班，从窗外望进去，有的学生在静静地午休，有的学生在静静地看书。鸦雀无声中，真是针掉在地上的声音都能听见。

观察几分钟后，我就从三楼开始，从上到下把每个班都看了一遍。15个班，776名学生，没看到一人打闹，没看到一人在教室里乱串。学习的和做作业的，全都是那么聚精会神，哪怕是翻书，也是轻手轻脚，生怕把午休的同学吵醒了。那份体贴理解的情怀，直温暖在我的心中。

真是"一花独放不是春，百花齐放春满园"啊！从这些细节管理上，我得到深深的启示：规矩意识和良好的生活学习习惯，不仅是学生需要的，更是整个社会每个人需要的。那些从高位跌落下来的人民的罪人，那些沉迷麻将赌博倾家荡产的赌徒，那些无所事事悲叹人生路越走越窄的浪子，若是有规矩意识和良好的生活工作学习习惯，能落得那样下场吗？由此，我不得不为赶场中学和张清老师竖起大拇指。我想，随着教育方法的创新，规矩意识的树立和良好生活学习习惯的培养，必将纳入教育课程实践中。

十年树木，百年树人，我把这些感触道出来的时候，牟主任给我讲了个案例，支撑了我这个教育门外汉的浅薄认识。那是2015年秋天开学的时候，张清老师班上接纳了一名由外校转来的同学。因调皮叛逆，这名学生的父亲气得七窍生烟，并且对他十分绝望。当听说赶场中学有位张清老师会做学生思想工作时，这位父亲就让儿子转学过来，请张老师管一管。一般来讲，听说是这样的学生，很多老师往往会避之不及。张老师没拒收这个孩子，而是通过观察他的缺点，有针对性地去进行疏导。她说，管教问题学生就像治水，是堵是疏，必须因势而取利。光堵不行，必须适时疏导才能不至于泛滥成灾。开始来的那几天，这位学生想拉拢一帮同学与他结成一伙。可是，同学们不仅不与之结成一伙，还对他开展起批评帮助来，要求他不要因为不良行为影响全班的纪律和团队的荣誉。在孤立无援中，这位学生便感到从没有过的"孤独"。不到两个月时间，在张老师和全班同学的努力下，他便像脱胎换骨成了另外一个人一样，学习成绩也追赶上来了。2016年初中毕业，他还以优异的成绩考上了市级重点高中新田中学。这样的案例还有几例，可见规矩和习惯对人来说是何等的重要，团队的力量又是何等之强大！

看到我陷入沉思的样子，牟主任问我："还想不想听慈母柔怀的故事？"

"咋不想听？快快讲出来吧！"我催促着。

"你可知道，上初中的学生毕竟是孩子？"

"哈哈哈！"我打趣说，"上初中的学生不是孩子，难道还是大人？你这关子卖得笑死人了。"

牟主任对我笑了笑，说："对学生严管是必要的，若没有爱，再好的氛围也是不可长久维持的。"

这牟主任是在给我介绍情况吗？分明就是在给我上哲学课。这里的老师太厉害了，在普通的交流中，就能让你受到教育和收获感悟。我赶紧做起学生来，听他娓娓讲出来。

"去年，张老师生孩子，产假没休完就来上班了。她说放不下心里装着的学生。看到张老师回来，学生都感动了，有的女同学还流下泪水。有这样爱学生的老师，你说学生会对老师怎么样？"

我想任何光鲜的答复都是苍白的，我只是不停地点着头。

"现在的农村，有许多留守儿童。当下网络发达，游戏诱人，在缺少家长管教的情况下，沉迷网络游戏的孩子可谓数不胜数。为不让学生沉迷在网络里，张老师星期天都是早早来到学校，与学生交流情感，了解他们的思想动态，不失时机地向他们传输正能量。特别是在寒暑假期间，张老师对那些建档立卡贫困户的留守孩子特别关注。经常联系并不时家访了解情况，像对自己的孩子那样给予温暖。有人问张老师为什么这么做，她说孩子在假期没人关怀，倘若因此变坏，她心头会很难过。作为孩子的老师，应如他们的母亲，把孩子呵护好，不然又能对得起谁呢？"

我了解到，全校有200多建档立卡贫困户孩子在学校就读。除国家给每人补助625元生活费外，学校还设立助学金，保证他们吃住不愁，安心读书。现在张清老师班上有13名贫困户孩子，张老师除关注他们吃得饱和吃得好外，还常给他们送衣服，让孩子们感到贫困不缺关怀，留守不缺母爱！

在我请来班上6名贫困户学生代表了解情况时，他们都为有像妈妈一样的张老师而感动。去年参加北京研学旅行的李鑫同学深有感触。他父母在外打工，姐姐正上大学，这个因学致贫的家庭，只得靠父母在外打拼才能喘过气来。所以没爷爷奶奶带的李鑫，只得寄宿在叔叔家。若是没有国家的扶贫政策，没有学校的关怀，没有老师的关爱，留守在村里的李鑫怕是早就辍学了。但自从去年到北京参观了故宫，观看了天安门升国旗仪式之后，李鑫的自豪感油然而生，并决心好好学习，到时一定要到北京去上大学，待大学毕业后，就报效祖国，感恩学校和老师。以李鑫在班上名列前茅的学习成绩，谁会怀疑他的梦想不会成真呢？

听了这么多的情况介绍，我对张清老师有了更清晰的了解。当我见到她本人的时候，慈母柔怀的形象，蓦地展现在我的眼前。她个头高高，体形丰满，圆圆的脸上绽开笑靥，如春风吹拂的大地，一切都会跟着绚丽起来。我想，这就是母爱彰显出来的魅力和对学生展现出来的风采。谈吐间，柔和的语气和落地有声的话语，充满了坚毅与自信。

　　我问她是用什么方法把学生管好的，张老师笑笑说，其实也没什么新花样，只要发挥好老师、班干部和学生三位一体的作用，就能做到管而不死、活而不乱。

　　对这个回答，我不能很透彻地理解，想让张老师说明白些。她忙给我打起比方来。她说就像一把伞，老师是伞把，班干部是支架，学生是伞布，如果哪个方面不协调，再好的伞也撑不起一片天。

　　这个比方让我明白了个中道理，张老师的教学方法、教学理念、教学成果，从这个"三位一体"中，完全就可以得到答案。除此之外，我还想知道她是如何得到"老师是妈"这样的评价的。张老师还是说没有其他什么新花样，就只一个字：爱！接着就讲出了一个感人故事。

　　在2011年那个初中毕业班上，有位女同学因谈恋爱，学习成绩突然下滑。张老师多次与之谈话，可收效都不理想。当时看到这种情况，张老师心头特别着急，忙去学生家进行家访。原来，她的母亲已同别人再婚，家里只有爸爸带着她和三个妹妹。贫困生活的压力，让她自感前途渺茫。于是，在一男孩的追求中，她不假思索地同意了，并计划初中毕业后，就同那男孩出去打工，苟延自己的生活。了解到这一情况后，张老师没用严厉的语气，而是用母爱般的关怀同缺少母爱的学生进行了一次长谈，并在接下去的学校生活中对她进行贴心关爱，终于唤醒了该生自暴自弃的心，使其把精力又全部集中到了学习上，并且还对未来燃起绚丽的希望。初中毕业时，该学生便以优异的成绩考入万州中学。在几个月后的一天，这位学生在上学途中遇见了张老师，带着哭腔呼喊一声后，冲上去就抱住张老师哭泣起来，极像一位久别母亲的孩子。动容中，张老师拍着她的肩膀说："好孩子，你怎么了？"

在无声的哽咽中，张老师知道她为何而哭，而且也知道她从这哭声中表达出来的全部意思。

张老师说，这就是爱的力量，她一辈子都忘不了带哭腔的那声"张老师"的呼喊！一辈子都忘不了师生久别相拥的那一阵贴心的动容！

啊！这怎一个"爱"字了得！"学校是家，老师是妈。"这用爱浇铸出来的情感，用爱凝结出来的好评，真让人动容。

在我辞别张老师的时候，回头望去，赶月亭中那副对联清晰地映入眼帘："赶月追风驭驰乾坤千里梦；挥椽泼墨涂染锦绣万重山。"我感叹那追梦的理想和超然的气魄，心潮澎湃中，就韵出一首七律倾情相赠，并以慰藉我那揣存心中的殷殷学子情怀！

秉烛批章夜五更，
教台三尺付平生。
千丝白发怜霜染，
一片丹心苦汗倾。
化雨春风催桃李，
为人世范育精英。
寒冬驱尽醒芳草，
搭建云梯助远征。

# 坡地山居　康养柳池

2017 年春节刚过，乡愁百结的闫正洪就驱车回到龙驹镇岭上村，想去 5 组小地名叫柳池的老家看一看。那里不仅有多年没住的旧宅，还有先辈的斑驳墓地。

太阳照在地上，欲把残留的积雪彻底做个处理。感觉像是干了的黄泥巴路，一脚踏上去，稍不留神就会摔个仰面朝天。而且沾上的泥巴，像铅坠一般，直沉得让人提不起脚来。没想到离乡背井 10 多年，存于记忆中的情景，此时又鲜活地展现了出来。

随着两声狗叫，从屋里探身出来的黄华臣老人，看到经门前路过的闫正洪，忙打招呼要他到家里去坐坐。黄华臣老人的房子是新修的，虽然没有别墅般的造型，但在这面山坡上，却显得十分洋气。墙上通体贴着白色瓷砖，在阳光的反射中，发出道道光芒，让人眼睛都睁不开。与他家过去破旧不堪的土坯房相比，简直颠覆了闫正洪的记忆。

闫正洪很想到老人家中坐坐，但当见到堂屋地上贴着地板砖时，闫正洪望了望满是稀泥的脚，便打消了进屋去坐坐的念头。

倒是黄华臣老人客气，说好多年没见面了，要他一定到家里坐坐。于是，跑出来就把闫正洪往家里拉。

进堂屋围坐在炉边，老人递过来一支香烟说："这些年你在村里可出名了。都说你是大老板，很多年轻人以你为榜样，都想出去干出一番事业！"

"您说哪里的话哟！"闫正洪谦虚地说，"我没大家吹得那么厉害，只是干了点实体而已。"

"这哪里是吹！谁不想去干实体？可是又有几个人干起来了呢？"话一说完，老人就把两手一摊。

"长江后浪推前浪，出去的年轻人更有闯劲，他们会更有发展。"闫正洪回话说。

"更有发展当然好。到时大家都像你这么有钱后，就回家乡来投资搞点建设，把留守在家乡的人带动起来一起致富该有多好！若是还出钱把公路从下边接修到组上，走路就不得像你今天回来拖上一脚烂糊稀泥。"

听黄华臣老人这么一说，闫正洪不知道如何接话。虽说自己在他眼中是能人，但面对家乡落后的贫困面貌，他就自感汗颜了。此时，黄华臣老人话语中包含的是什么意思，闫正洪半点也不敢去揣摩，于是就岔开话题说："我们组里像您家把房子这么改造的还不少哈！"

"我们这个组里，把房子能改造得起的就那么十来家。如不到外面去打工挣钱，靠在家里种地，那是一辈子都改造不了的。"黄华臣老人望了他一眼接着说，"你在外有出息了，可不可以回家乡来搞点什么项目带领大家致富呢？特别是贫困户，若没人带动，一时半会儿是很难富起来的呀！"

这下好了，进到黄华臣老人家里来，原指望吹吹往事，或是向他炫耀一下自己拼搏的光辉历程，可是，谁知是"猫抓糍粑——脱不到爪爪"。闫正洪该怎么对老人家说呢？

黄华臣老人或许是看穿了闫正洪的心思，忙接着说："你看那坡上荒芜的土地，草都长得有人那么高了，如再过些年，土地是谁家的，连地界都找不到，你说可惜不可惜？"

"确实是可惜！"闫正洪顺口回答说。

"就是嘛！你若回来把这些土地流转过去发展个什么项目，大家都不得亏你，赚钱也是迟早的事。"黄华臣老人收住话，在长长叹过一口气后，才又接着说，"我只是没有本钱，若是像你一样有出息，我就要把组里的土地流转过来发展种植业，或是搞眼下提得怪好听的观光农业。'三十年河东，三十年河西。'我就不相信城里把财发够了后，风水就不会转到农村来。"

闫正洪说："农业项目我从来就没涉及过。回来干些什么，要花多大投资，投入产出的效果怎样，我都不了解。更何况40多岁的人了，再来搞陌生的项目，我担心冒不起这个风险。"

"唉！虽说你这个担心是必要的，但是这里是你的家，这块土地上还睡着你的先人，他们都希望你这个能干人能回来干些光宗耀祖的事！"

这话题太沉重了。闫正洪忙说到老房子看看，去祖宗坟上祭拜后，就要赶回去忙。新年伊始，企业有好多事情要他去规划和梳理。

在闫正洪告辞走出地坝的时候，黄华臣老人还大着声音对他说："你一定要回来搞点事情哦！"

居住过的老房子，有漏洞的墙体就要垮塌了，门前枯草满园，门内潮霉味刺鼻，稍不注意，就会碰上蛛网罩在头上。曾经一家人在一起的鲜活场景，只存于记忆中了。感叹岁月的流逝，他此时此刻的心，生出些许酸楚的味道来。

转步到先祖的墓前，风吹着干枯的蓬蒿，直发出呼呼的声音。那份荒凉在他眼眸里做着渲染，同时他又依稀听到贫瘠故土的声声呐喊！

回到城里后，闫正洪对故乡的牵挂，一直揣在心里头。他几次到政府相关部门了解政策，找农艺专家咨询农科知识。不知是哪位高人指点让他突然开窍，他决定回到家乡干出一些名堂来。

虽然他是本村的人，但村里干部还是把他当招商引资对象来对待。村两委经组织协调，顺利向本组流转坡地 500 亩，拟进行经济林木的栽种，办起了农旅融合的康养项目。

闫正洪说，未来的康养工程定是个朝阳产业，他这个海拔 700 米至 1000 米之间的康养项目，最适宜老人康养。他已请专家设计规划，要在流转的山坡上，采用田园综合体模式，建上百余间能移动且又环保生态的集装箱式康养房。在接纳人们康养的同时，大力发展观光农业，吸引旅游人群。然后带动村民发展农家乐，实现共同增收致富。

项目启动一年多来，闫正洪共投入资金 200 多万元。另外还拿出 13 万元，从山下把 1.6 公里的通组公路修了过来。

现在无论谁到岭上村 5 组这个地方来，都不会像闫正洪 2017
年回来那样，沾上满脚的烂糊稀泥。

目前，闫正洪筹划的"坡地山居，康养柳池"项目正在
建设中，日均使用村里劳动力 30 余人。其中，帮扶 8 个贫困
户解决 9 人的就业问题。明年项目建成后，每天就可固定接待
康养人员过百人。旺季时，每日还可接待旅游观光客人上千
人。到时候，岭上村的这面大山坡上，就会以崭新的立体姿态
展现出田园风光的美丽图画。这个农业康养项目，必将在人们
的醉心惊叹中，实现最大的经济效益，从而让乡土生辉，让村
民致富。

# 独臂撑起一片天

　　像所有外出打工的年轻人一样，闫正义当年也想出去干出一番事业。可不知命运为何要残酷地捉弄他，他至今都没想明白。他常注目自己的空空右袖，那只手怎么就卷进铆纤机里，让整条右臂瞬间就没了呢？这对21岁的闫正义来说，不仅是晴天霹雳，更是灭顶之灾。要不是想到家中的父母，他几乎都不想活下去了。那个不幸的年份，是他永远都忘不了的1993年。

　　在医院把伤治好后，闫正义只得拖着残疾之身回到家里。当时法制不健全，伤残补偿机制不完善，不像现在，还能得到几万或几十万元的补偿解决衣食之需。未得分文补偿的闫正义回到家里，还得靠父母劳动和自己努力来养活。虽然企业不义，但故土有情。村干部得知情况后，及时向上级进行了反映，民政局便把他安排到万州区天龙实业有限公司当起了管理员。由于身残志坚、尽职尽责，他很快得到公司领导认可，还被提拔为花岗石厂的厂长。由于管理有序和善待同事，他不仅获得了大家的好评，而且还得到一位姑娘的喜欢。

　　开始他怕担不起那份爱情之重，总是不敢把爱情的火焰燃起来。可那姑娘一点也不嫌弃，说只要人有志向，没有健全的双手，独臂也能撑起一片天！

被感动得热泪盈眶的闫正义，终于让爱情的糖蜜甜透到心里头，他结婚了。一年之后，儿子降生到这个世界上，天伦之乐完全就驱散了罩在他心头的残疾阴霾。

闫正义把打工的钱存积起来，希望自己某一天能干出一番事业来，毕竟打一辈子工不是个事。1997年，闫正义辞职把妻儿带回到岭上村2组，就用积蓄买来母猪，干起小规模的养猪项目。由于没有技术和经验，时而出现的意外情况往往弄得他措手不及。加上市场波动大和他的销售渠道狭窄，几年下来，防不胜防的亏损就把他家拖入了贫困的境地。可是他没打退堂鼓，而是屡败屡战。他说经验是在实干中积累的，技术是在实践中淘到的。如果一个项目失败又去干别的事，同样没经验和技术，未必能成功。他是不愿像猴子掰苞谷那样去做事的。加之自己是残疾人，可没有那么大的勇气和心智去向未来的一切做出挑战。他想，只要把养猪项目一直坚持下去，保不准有一天就会翻身。虽然闫正义还干了些其他事，但是养猪仍是他坚持的没有放弃的主打产业。

2015年，党中央号召开展脱贫攻坚。闫正义被纳入建档立卡贫困户进行帮扶。在驻村干部请来农牧专家进行点对点指导和手把手传授技术中，干过多年养猪项目的闫正义才知道，不靠技术，仅凭自己热情蛮干，是没法成功致富的。于是，他找亲戚朋友借来9万元资金，按专家要求进行了圈舍改造和猪种选择，养猪项目才算真正迈上规模化、产业化和科学化的轨道，并且当年就取得实效，出售猪仔100多头，获利达5万多元，一举摘下了贫困帽。自2016年以来，每年10多头母猪产仔200多头，实现年利润近20万元。

富起来的闫正义，没忘带动其他村民和贫困户一同致富。他积极以岭上村助残专干的身份，指导有养猪意愿的村民和贫困户进行科学化养猪，并全力把从农牧专家处学得的养殖技术全部传授给他们。同时，还向他们赊供猪仔和饲料，待猪出栏后再补欠款。此外，聪明的闫正义似乎在与农牧专家接触后，突然就获得了灵感，看到自己这面坡上的1组和2组村民种植的农产品变不成钱，在心急如焚中，他忙开网店向外联系经销，让村民把生产出来的农产品，通过他的网络平台全部销售出去，不仅为村民创造收入10万余元，自身还获利2万多元。

在漫长的岁月中进行养殖探索的闫正义，在近几年的科技扶贫指导下，真正地富了起来，并且还成为致富不忘本、积极帮乡邻的典范。在村民为他这个身残志坚的专干竖起大拇指的时候，他还被重庆市万州区选为身残志不残、独臂撑起一片天的励志残疾人代表，多次得到各级领导的接见。2018年11月，他被龙驹镇人民政府评为"十大脱贫光荣户"之一，上台接受颁奖表彰。他在感言中说："在党的扶贫政策帮扶下，自己走上了脱贫致富奔小康的富裕之路。依靠养猪项目致富的成果不能独享，应怀揣感恩之心，惠及全村村民，尤其是建档立卡贫困户。在推进依靠传统养殖项目奔小康的道路上，一个人都不落下。"

# 戴上官帽子　方知担子沉

　　去龙驹镇的官坝村，赵学国就拿我打趣说，他这个由万州区联通公司派驻到村里的扶贫队员，几乎把村里的大权抓完了。2018年5月接任驻村第一书记，6月又扛上村支部书记的担子。这一身二任，该有多大的权力啊！

　　这权力在一个村里说，的确是够大的。不过，这可是组织的重托、村民的期盼。可就是这个重托和期盼，让这个曾经从山里走出去脱胎换骨的农民，于半百之年，又轮转到大山里再度当起农民。他心头明白，他这个担子恐怕不是三两天放得下的。但他已做好准备，无论三年五年，还是十年八载，不把官坝村带好，全村村民不脱贫致富奔小康，自己就不从这里走出去。

　　赵学国的决心不是一开始就有这么大的。2018年4月以驻村扶贫队员身份来到村里时，他可没这么想。当时的他完全只是把扶贫当成换了一个工作岗位而已，只待2020年脱贫攻坚任务一完成，就回原工作单位去上班。可是，他也没想到，他不仅当了官坝村的第一书记，而且还担起了村支部书记的担子来。

　　刚把官坝村的官帽子戴在头上，立马就有村民围了上来。

正沾沾自喜的时候，吵闹声像当头浇上一盆冷水，让他的心一下就凉了半截。有吵着因修路向村里要工资的，有要求村里帮助清收企业欠账的，有蓄水池装不住水而要水吃的，有出行不便要求修人行便道的，有要求吃低保或是纳入建档立卡贫困户享受帮扶政策的……可谓林林总总。赵学国完全没想到，村里头怎么有这么多事情要来找他。有些事情是该来找的，但有些事情看起来就是无理取闹，为什么有的人就会那样子不通情达理呢？

村主任向正招对他说，与村里的村民打交道，工作就是这样，一点就不像部门和单位的工作，一件一件能讲得出条理。

这下真是摊上了一个烫手的山芋，他因此就想去打退堂鼓了。可是，在这个脱贫攻坚的关键时刻，自己岂能打退堂鼓？自己来这里就代表单位的形象，肩负着使命，就此撂下担子，单位会对自己怎么看？组织会对自己怎么看？每每想到这些，那不可释怀的压力，就让当官的喜悦荡然无存了。

没办法，赵学国只得硬着头皮沿着这条路走下去。要想进入角色把工作及时拿上手，必须得全面掌握村里的情况，做到知己知彼，方可百战不殆。在走遍全村4个组后，他决定从村民最为关注且意见较大的低保户和贫困户管理工作入手，认真做出效果给村民看。他规范了动态政策调整流程，把低保户和贫困户按程序从提出申请、村民评议、入户调查、张贴公示、明确申报等方面，全面纳入村民代表大会的监督中。对不符合政策和条件的，坚决予以剔除，彻底把"人情低保户、人

戴上官帽子　方知担子沉

107

情贫困户"的认识从村民心头消除掉。在看到公平公开的评定结果后，村民认为赵学国书记是在动真格的，一碗水是端平了的，于是发出的杂音才日渐少了下来。紧接着，赵学国又把要欠账的村民造册登记，一户一户地同村两委研究解决的办法，经向上汇报和争取政策，于年底前就把村里的欠账问题解决了。对要求村里帮助要企业欠账的事，赵学国也全记挂在心上。如李光奎和张永香于2015年给做李子产业的老板做工，因产业发展失败，每人被欠的1.8万元工资，拖了几年都没结付。赵学国便主动找到负责项目的马老板协调数次，最终把工资要了回来。当李光奎和张永香各自拿到久未结到的工资时，便在哽咽中说，赵书记真的是来为群众办实事和做好事的。

2019年春节，赵学国坚持在村里值班，利用村民回家过年的机会，对长期在外的贫困户进行逐户探望。同时对在外创业的致富能人，积极引导他们回村里来发展产业，带领村民致富。他还借助建立的各组村民微信群，适时进行情感沟通与情况交流，终于解开了他们的思想疙瘩，疏通了栓塞在心头的梗阻。在得到群众的支持后，工作局面慢慢地打开了。

按照习近平总书记提出"五个一批"中"发展生产脱贫一批"的要求，赵学国认为，在这大山深处，如不发展产业，村民若还在传统的刀耕火种中劳作，大家只能生存，永远都不能致富。必须把产业做起来整合村民资源，集合村民力量，唤起村民热情，展示致富希望。可是，就在规划实施中，村民长期形成的山地封闭意识，一时半会很难解开。更有个别人存在我不致富，你别想要发财的思想，并还成为村里产业发展的最大梗阻。面对这样的情况，赵学国认为，只要有一个人思想不通，就算他的工作没到位，项目就不得启动。他十分懂得磨刀不误砍柴工的道理。他多次带领村民到乡村产业发展得好的白羊、分水、新田镇和本镇的分水及向东村进行考察，让村民现场看到农村产业发展带来的农村新变化。在实施土地流转的资源整合中，真切感受到现代农业给农村带来的震撼。同时现场说法召开坝坝会讲政策、话道理、展前景，以做思想转变工作的铺垫。回到村里后，他又通过单独谈话进行重点突破，让村民不断接受整合资源以实现共同致富的全新理念，积极助力村里产业发展。

功夫不负有心人，经耐心地做工作，村民的大局意识得到了增强，致富的信心得以提升。于是，产业便实现了零的突破。流转200亩土地的油橄榄引进项目发展了起来；由太极集团出种苗和肥料，并按2.5元一斤保底价收购的80亩前胡药材产业发展了起来，接下去还将建设200亩的标准化药材产业园；以"村集体＋村民＋贫困户"的150亩玫瑰香橙基地建了起来。4月23日，万州区联通公司以党政工团"扶贫攻坚发展产业，精准到户引领脱贫"的形式，由毛庆总经理带队，一行46人来到官坝村，在玫瑰香橙基地挥锄掀撬，挖出橙苗栽种窝子500多个，直到天黑才收工返回。4月29日，由三峡学院财经学院党总支副书记、驻龙驹镇工作队负责联络工作的骆孟鑫，带领三峡学院60人来到玫瑰香橙产业基地义务劳动，挖出橙苗窝子600多个。看到各单位和部门实实在在来帮扶，村民十分感动。来到现场的残疾人邓莫杨说，他曾不同意把土地拿出去种玫瑰香橙，怕上当受骗，他只想同90岁的母亲种点粮食拿上现在的低保金把日子过下去。通过赵书记做工作，看到赵书记是在为村民谋利益想办法，并且通过算账发现入股土地比种粮食划得来，所以才同意把土地入股合作社。在看到联通公司和三峡学院先后来这么多人帮助产业园义务劳动打窝子后，心生感动的邓奠杨若不忍住，泪水几乎掉了出来。

望着热火朝天的劳动场面，赵学国满怀信心地说："有我们的坚强组织和各部门、单位做后盾，我这个书记当起才不缺底气。"

在建这个玫瑰香橙产业基地时，赵学国介绍说，万州联通公司支持资金达10余万元。其公司食堂按消费扶贫政策要求，采购村里的农副产品和畜禽产品，村民再也不会为卖不出去农副产品和畜禽产品发愁了。

为村里产业发展和脱贫致富奔小康操劳的赵学国，在所住的村服务中心，可没为自己弄出个小锅小灶来。办公室的文件柜上，码着两箱方便面。前日从镇上买来的蛋糕，在高温的天气下，已在桌上发出变质的酸味，他说这是他不能丢弃的晚餐。

我担心他吃了这些蛋糕会闹肚子。他说他这个在部队锤炼过12年的老兵，开车进藏翻过险象环生的二郎山，越过6000多米的东达山，自己的身子早就成铁打的了，肠胃也是百毒不侵了。

听过这句话，望着赵学国晒得黝黑的脸庞和额头上冒出的大滴汗珠，我的眼眶为之潮湿了。

# 一路坎坷一路歌

张均的养父叫张和共，养母叫李艺兰。对张均来说，他们可是世界上最好的父母，他们始终都没把他当养子对待，其付出比亲儿子还要多。

他的童年是快乐的，养父养母把他含在嘴里怕化了，捧在手上怕丢了。姐姐也常带他去捉蝴蝶，采花花。姐姐在上小学后，还教他识字。由于聪明，很多人都夸他未来有出息。

在他上小学的时候，成绩很好，经常在班上争第一。上初中后，更是专心致志，大学梦一直就做在心里头。可是谁知就在他上初二的时候，一天突然觉得身上有一种剧痛，以至于在教室里昏倒过去。经送医院诊断，是当年从妈妈肚子上打的那支引产针注射到他的腰杆上引起的后遗症。后来，他整个身子就开始变形，并且个头再也没长大。在不测风云中，他就落下了残疾。他一度认为人生所有的梦想都破灭了，心头装的满是怨和恨。

好在养父养母没嫌弃他，而是用更体贴的爱来温暖他，生怕有半点不周全就让他产生异想。他们常开导他说，身体残疾没有关系，很多人身残志坚，在不向命运低头中，都成了生活的强者和人们学习的榜样，听得最多的故事就是张海迪。那故事的确给了他很大鼓舞。总之，不可改变的残疾事实发生了，他只得面对现实把人生的路一步一步坚实地走下去。

初中毕业时，他没选择上高中，而是选择去三峡服装艺术学校读中专。他当时的想法是，虽然自己身体有残疾，但要用双手为没有残疾的挺拔汉子和窈窕淑女剪裁英俊与靓丽，要把他们的美变成一道绚丽多彩的风景，飘逸芳菲和馨香。两年学习毕业后，他就到广东一家服装公司干起服装设计来。一年后，借春节回到家中，看到养父养母身体大不如前，且没孩子在身边常常就感到孤单，他觉得不能再到外边去打工挣钱了，就该陪伴在养父养母身边干些事。刚一开年，他就参加了政府举办的两个月残疾人养鸡技术培训，想在自家的土地上，把养鸡项目干起来，并立志成为一名身残志不残、创业不等闲的养殖大老板。

2012 年，张均用打工和养父养母给的钱，建起了一座小型养鸡场，养起了 1000 只鸡。头两年效果不错，每年收入过万元，一举成为向东村声名大噪的养鸡专业户。2015 年初，他不满足于小规模的饲养，向亲朋好友借来 18 万元，再加银行贷款 12 万，共投入 30 万元把养鸡场扩建了起来。然后买来半成年鸡，养鸡数量一下扩大到 5000 只，他心想不出几年，自己这个大老板梦就可变成现实，那心头的乐，简直就无以言表。谁知人算不如天算，一场灾难无情地让他变得一穷二白。

一天中午，张均到了养鸡场，只见鸡死去一大半，他一下就傻眼了，赶紧请兽医过来看，被确诊为禽流感。不到天黑，5000只鸡就全军覆灭。兽医说是因为他从别处买来的鸡惹的祸。他在向龙驹镇政府作疫情报告后，就把死鸡全进行了深埋。这下埋的岂止是鸡，简直就是他的期盼和梦想。

灾情发生后，讨债的上门来了，银行催收贷款的上门来了。在他想不出半点法子陷入哑口无言时，养父养母却说，欠账还钱天经地义，虽然眼下遭受灾情，但一家人都会出去打工挣钱还账，不会赖账。此时，张均真不知道人生该如何继续下去。

家底一下败光了，养父养母在无可奈何中，就拖着不是那么健康的身子为还账而出去打工了。残疾的张均只得一人在家，拿着农村低保延续着心情沉重的郁闷日子。他常借酒消愁，仰天长叹。

难道这辈子就靠国家把自己养下去？张均觉得不应该。特别是2015年来，在党和国家开展的脱贫攻坚工程中，他看到村里情况特殊的老弱病残和贫困户还不少，张均想让他们得到更多的政府关怀和关爱，他不能再拿低保了。他向村里提出申请要求取消低保，若是再有低保打在卡上，他也坚决不去领，他要用自己的双手来养活自己。与此同时，他又看到养父养母年纪越来越大，本该在家乐享天伦，没想到为他还账，还离乡背井去流血流汗累死累活地打拼。他怀揣感恩的心，振作精神，从失败的阴影中走出来。路再难走，只要坚持走，就会有远方。2016年，他在镇村干部的帮助下，同养父养母商量，又借来35000元资金，在赶场社区开起天猫网店。在支付7000元房租和10000元门市装修款后，余下的钱就进来底货。随着业务量日增，网店当年就实现了上万元的利润。

不知是在什么时候听过这样一句话，"当一个人全神贯注做一件事情时，上帝就会来帮他"。或许事情是这样子的。

2017年9月，由重庆市环卫局派到向东村担任第一书记的姚茂瑜，提出要在向东村发展百香果扶贫致富产业，张均便用土地向合作社进行了入股。同时，姚茂瑜书记还推荐他为重庆市环向农业发展有限公司的招商合伙人，每月可获得1800元工作补贴。从此，他便再一次找到人生的奋斗目标。田间的劳作不缺他的身影，企业管理有他参与的谋划，协调村民关系有他化解矛盾的话语。同时他还利用天猫网店平台，发布百香果销售信息，引进百香果众筹投资个人和商家，把百香果做成引领全村乃至全镇人民脱贫致富奔小康的农旅结合产业项目。

目前，百香果产业已在全镇发展起来1000多亩，产业的带动，不仅荡起了村民的欢笑，也让张均绽开了欣慰的笑容。除去已分得1500元红利外，他年底综合收入将不低于25000元。在脱贫攻坚"五个一批"之一的"发展生产致富一批"的实施中，张均在向脱贫致富奔小康的通途铿锵迈进。

# 入骨牵挂岂不知

祝正祥每每说起老婆谢小琴向他提出离婚的事，都会流出两行泪水。那是 2017 年秋天的时候，祝正祥因爆破发生事故，右脚大脚趾粉碎性骨折，回到家里医治几个月才好起来。早在 2013 年，祝正祥也因爆破意外，右手被落石砸成骨折。当时谢小琴就劝他不要再出去干这个让人听到就头皮发麻的爆破工作了。虽然有持证上岗的技术，但谁又能保证万无一失呢？可是，为了一大家人生存，祝正祥还是说服妻子，去到山西、河北等地，继续干着爆破的高危工作。

过去，谢小琴并不太了解这项工作的危险性。但在近几年中，从发达的网络信息中，她经常看到矿山、道路、涵洞等工程爆破出现不是死就是伤的事故，可让她把心悬了起来。多少次惊梦刚醒，就打电话要祝正祥别去冒险挣那些钱，她只要他健康平安地回到家里来。在多少次"我会小心没事的"的搪塞中，祝正祥就把谢小琴应付了。可是，就在那天架着拐杖回到家里给脚趾养伤的时候，谢小琴泪流满面地对他说："这回死神为什么就把你放过了呢？看到你这个样子，你知道我心头的滋味吗？你知道我经常在梦里看到你是怎么抬回来的吗？噩梦一醒，直到天亮都不敢眨一下眼，生怕一合眼突然就来个电

话，告诉我那可怕的噩梦是现实。你在外不要命，我在家每时
每刻都活得不自在！我特别怕显出重庆以外区号的电话打进
来，好在许多是广告骚扰电话，才让我惊恐的心每次在外来电
话响起时，就全把它想成是广告骚扰电话。你认为这样提心吊
胆的日子好过吗？"

原以为回到家里老婆会过来安慰他一番，没想到反遭一
顿数落。祝正祥呆在一旁，半句话都不敢讲出来。

谢小琴擦过两把泪水后，就倾身过来抬起祝正祥包扎的
右脚，垂泪中直问他痛不痛。祝正祥说过一声痛后，就扑进老
婆怀里，似找到安全的港湾，像孩子般地大哭起来。男儿有泪
不轻弹，谢小琴理解他此时的心情，她把他搂在怀里，用右手
在背上轻轻地不住抚摸。心头殷殷地痛！眼里暗暗地疼！

晚餐是香甜的，谢小琴给祝正祥煮了他最喜欢吃的腊肉。
大半年没有品过的味道，真是美到了心里头。这就是家，这就
是有老婆深爱的甜美温馨的家！

因有祝正祥在家里头，谢小琴的心情也渐好起来，焦虑
憔悴的面容不断绽放出喜悦的光芒。她不时就对祝正祥说，一
家人在一起的日子真好！千万不能再出去把命弄丢了。为哄谢
小琴高兴，祝正祥每次都点头答应。但是，祝正祥却总又是在
心头自言自语，若不是为了一家老小的生计，谁愿意离乡背
井，一年到头把乡愁亲情撂在相思的梦枕而热泪两行呢？有谁
不想与老婆朝夕相伴永不分开呢？每次与老婆分别，鼓鼓囊囊
的包里，除装满打拼的希望外，就是满装对老婆的思念。手中
提着重，肩头扛着沉。多少个月华满弦的夜晚，注目广宇，就

会听到老婆对他的声声呼喊，同时和着天籁，成为永夜不眠且隐隐作痛的殷殷思念，听之不尽，闻之不绝。

祝正祥的脚趾在谢小琴的精心呵护下，春节前就基本康复了。一天去街上买年货途中，谢小琴的电话突然响起来，是谢小琴的一个朋友打来的，低沉的声音开口就说她男人在矿井搞爆破被炸死了。听到这话，谢小琴一下就惊呆了，在没一句回话中，只听那个女人滔滔不绝地讲述着当时的过程。在最后说得到 120 万元的补偿后，那女人的语气，似乎完全就没了悲伤的痛感。甚至觉得得到一笔巨额补偿，心头就得到了某种平衡与慰藉。

谢小琴认为那女人有些薄情，在不高兴中，说声手机没电后，就把手机倏地关上了。祝正祥问谁死了，谢小琴没作声。在祝正祥感叹说出补偿这么多钱时，谢小琴就猛瞪他一眼说："你喜欢钱，你就去像那个男人一样给我挣 120 万啦！"话刚说完，眼睛里泪水打转的谢小琴就从他身前跑走了。从此以后，直到春节过完，祝正祥都不敢提与爆破有关的半个字。

正月初九那天，祝正祥像往年一样，提着包就想出门去重操旧业。看着祝正祥不是开玩笑的样子，谢小琴的脸唰地就苍白下来。她一把拉住祝正祥的包带，郑重地对他说："祝正祥！没想到你是个说话不算数的人。你答应过我不再出门去干这个危险的事，可你现在又反悔。好，好，好！你如执意要去干那个出门就不知道能不能活着回来的危险爆破工作，我也不想再去费口舌说服你。那就这样，我们现在就去离婚，以免我一天到晚就为你祈祷和牵挂。离婚后，如你在外出了事，与我一点都不相干。我一定尽力把爸爸妈妈敬奉好，绝对不会不孝让老人缺吃少穿。大女儿我一定坚持让她把大学上完，小女儿如能考上大学，倾家荡产我也要送她上。我不得去贪你因为出事而补偿的上百万块的钱，补偿再多的钱我一分都不要，你就自个儿带到阴曹地府去慢慢用。我们去离婚吧！从此我们就毫不相干，互无牵挂。"谢小琴强忍住哽咽，在泪花打转中直盯着祝正祥说："没想到：你在我心中有千斤万斤那么重，我在你心中却一分钱都不值！"

祝正祥抑制不住泪流满面，把谢小琴抱在怀里心疼至极地痛哭说："老婆！你别这样说了好不好！你在我心中比千斤万斤还重啊！我这出去也只是想让你过得好，我没别的选择呀！"

"你真为我好吗？我天天为你担心你知不知道？你为我好吗？为你焦虑我的头发都白了不少！在这个世界上，一切对我来说都不重要，我只要你这个人，一个健健康康平平安安的人。即使我们生活再苦，哪怕是讨米要饭，我也要和你在一起。你就不再出去好不好？你就在家，我挣钱养活你好不好？"

"老婆！你别说了，我的心都碎了。我都听你的，我再也不出门去了，哪怕是讨米要饭，我都和你在一起！"

听过这话，谢小琴才"哇"的一声哭出来。她依偎在祝正祥怀里，似乎心头压着的石头才放下，天空的阴霾才驱散。

祝正祥为有这样的好老婆而感动，为有这样的好老婆必须得奋起努力。他不想让谢小琴单薄的身躯去独自撑起一片天。他去到宏福村服务中心向村干部了解信息，希望在家乡的土地上干点什么事情。村干部说，眼下正在发展花椒脱贫致富产业，已有老板来投资了2000亩。村里欲把这个项目向规模化、产业化、现代化推进，所以还在招商引资。既然想做事，村干部就建议祝正祥投资做这个花椒项目。祝正祥想，如一个人去单打独斗小打小闹干这个项目，形不成规模，是没有市场前景和影响力的。现在要干成规模化、产业化、现代化，抱团取暖，一定能取得成功，于是就同意在村里干种植花椒的项目。经村里协调，他于2018年9月，在2组流转土地280亩，投资10余万元种起花椒来。目前，花椒种植还在进行中，平均每天用工20余人，其中为6个贫困户、7人解决了就业。除每天向每个用工支付工资55元外，中午还要供给一顿午餐。

2019年4月26日，我们同村里干部去了花椒种植园，正在地里除草的祝正祥顶着烈日，大滴大滴的汗珠挂满额头，湿透了衣衫。他说为了挚爱的亲人，再苦再难也要坚强！要不然，就对不起老婆对他的一往情深。每天来到花椒种植园里，祝正祥都认为，他种的不是花椒，而是感恩之心和比天还高比地还深的爱！说着说着，祝正祥就掩面涕泣起来——为妻子浓浓的情！为老婆深深的爱！

# 激活内生动力　焕发希望之光

　　整条河沟的人几乎全都去了山外。要不是有几声狗叫，一定不会知道这里还留有一户人家。

　　房前屋后，茂林成荫。小溪轻吟，绕庭而过。清风细柔，摇曳婆娑。晓月梦柳，晚霞如歌。这当是怎样的一道风景？来到这条沟壑中的程都，怎么也不愿把扶贫与之联系起来。这里既然生长诗意，为何还会贫困？必须得让留在这里的贫困户张定美一家富起来，不给这里的旖旎风光留下某种遗憾。

　　这位住在梧桐村2组的张定美，是程都帮扶的贫困户。2012年在广东打工的张定美因腰受伤，丧失了做重体力活的能力，于是在外几经辗转，只得回到家中在承包的土地上耕作生存。由于父母都七十开外，两个儿子正在上学。一家六口人的生活，全靠他与妻子邵群顶扛，贫困状况日渐加剧。2017年，张定美一家被纳入建档立卡贫困户。

　　这真是个特殊的贫困户，耕种的土地只能解决吃饭问题，其他产业亦无资金发展。加之又不能外出打工，要揭掉贫困帽子，谈何容易！2017年10月，由原重庆市工商局（现为重庆市市场监督管理局）派到梧桐村的扶贫干部程都，在接手对他家的帮扶后，真是动了不少脑筋。

　　他曾开展助学行动对读书的两个孩子进行过资助，也于逢年过节去到家中对孩子们进行过慰问。特别是在去年底，不愿上高中的儿子张思劲辍学在家，正当一家人为之心急如焚的时候，程都就把张思劲安排到村里的公益岗位进行社会生活体验和教育，让张思劲感受到了知识的重要性，还认识到了要改变家乡和家中的面貌，没有知识是不行的。随着人生观的不断转变，张思劲就冒生出立志成才的远大理想，准备回到学校去继续读书，待学有所成后，就做个回报社会、耕耘乡土的有用之才。可是，光做出这个扶"智"的工作是不够的，必须还得在扶"志"上做文章。通过把脉，程都认为在这个山沟沟里，不发展产业，张定美一家是绝对富不起来的。一天，程都去张定美家规划产业项目发展。张定美望着大片林子和荒坡，说在这个到处都是沟沟坡坡的地方，除了长杂草和树木外，从来就没想过能长个什么发财项目出来？他虽然有过期盼，但那就像雨后的彩虹，一会儿就不见踪影了。

　　程都说，他过去也没为张定美家想出个什么发财项目来。但是，自从招商引进重庆铭森晟祥农牧科技有限公司在梧桐村建起芦花鸡脱贫致富重点带动项目后，他就来了灵感，就是让全村村民和贫困户利用得天独厚的荒坡和森林去散养芦花鸡。并促成重庆铭森晟祥农牧科技有限公司采取消费领养、社会认养、区域联养、分户散养、托管代养五种扶贫创新模式进行养殖带动。程都为张定美专门制定了托管代养方式，让他抓紧把芦花鸡养起来。

张定美说，这个事是好事，可那启动资金从哪里来呢？没有钱，再好的想法，再好的项目，都是空谈空想。

真是啊！钱不是万能的，但没钱是万万不能的。程都在心头盘算，散养芦花鸡，要建钢丝围栏放养场子，要修建鸡舍，要购置鸡苗，要添防疫设备，其先期开支就不下四五万。这钱究竟到哪里去弄？若让公司垫支，全村那么多代养户，若都指望这么办，公司承担得起吗？若让张定美去向亲戚朋友借，谁愿意把钱借给他？若是去找人捐助，没有特别的理由，也是无人愿意解囊的。亦如"有钱就是男子汉，无钱就是汉子难"一说，可把程都这个男子汉难住了。就在他心急如焚的时候，突然就想起中国农业银行重庆市分行于2018年10月派驻到梧桐村的扶贫干部向小阳和张奎。在与之进行情况交流后，三人就去到张定美家实地调查，并量身定做，为其规划出以认购代养模式发展芦花鸡的项目。经向小阳向农业银行万州分行报告，特派"三农"客户经理对这个项目进行了调查。2019年3月28日，农行万州分行5万元小额扶贫贷款到位。在程都带着重庆铭森晟祥农牧科技有限公司技术人员进行现场指导中，不到半个月，养鸡场就建了起来。500只芦花鸡先期入场养殖，待出栏由公司回购，就可获得15000元的养殖收入。

看到鸡唱声声的养殖场，程都的愿望不只是让张定美一家脱贫，更想让他成为发家致富的芦花鸡代养专业示范大户。在接下去实施养殖场扩建后，力争达到年养5000只鸡的规模，实现增收 15 万元的目标。

　　曾一度对脱贫致富失去自信的张定美，由此激发出内生发展动力，并把脱贫致富的担子扛在了肩上。在他与妻子邵群在养鸡场的吆喝忙活中，发家致富的梦想已焕发出绚丽多彩的希望之光。

# 大院溢韵浓如茶

去到龙驹镇向东村 2 组的大山深处，一座百年大院，让人们在追思怀古的情怀中，无不对斑驳岁月凸显出来的沧桑，发出长长的惊叹与嘘唏。

这里曾处于十分繁荣的茶马古道，经年累月，大院仍然保存较好，实属奇迹。也许是托"尘飞不到"四个檐廊石刻大字的保佑，除两间漏雨的厢房坍塌外，整座大院并无半点人为毁损的痕迹。

从龙驹镇出发，到团结社区沿盘旋六七公里的机耕道去到龙驹镇向东村 2 组名叫幺台子的地方，就到这座大院了。因当年修这座院子的老爷叫谭大俊，故唤名谭家大院。谭家大院于 1912 年建成，占地 6455.5 平方米，分东西两个大院，共有 116 个房间。其房屋外围为青砖墙体，院内栋柱排立，穿斗接檐，梯台相顾，天井暗合。再加上门窗镂雕花鸟，石廊撰刻书法，既有望族大户之显贵，又有书香门第之宗风。从"尘飞不到"的石刻和"考生在阿"的大门匾题上，完全可以看出端倪来。

这座谭家大院盛名远播，不光因为它是百年建筑，更因为口耳相传下来的那个爱情故事，直让人生出万端情思。据说谭老爷当年考取功名后，在回家途经荆州时，恋上城中一位心仪的女子。那女子貌若天仙，琴棋书画、诗词歌赋出众。因其父想凭女儿才貌高攀权贵，就不同意把女儿许配给谭老爷。于是二人私订终身，约定了个皓月当空夜晚，私奔回家。不料行动被其父识破，在他们上船欲离开时，家丁冲过来把谭老爷揍了一顿，接着就把女子抓了回去。在生生痛别的时候，女子撕心裂肺地哭喊道："大俊！我一定要去你老家找你，你一定要等着我哟！"可是多年过去，谭老爷那句"我一定等你"的话，便成了他永远不了的相思。直到这座大院建成，谭老爷始终还在等待恋人的脚步。

那份牵肠挂肚的期盼与等待，直让谭老爷望穿秋水，望断天涯。曾有诗人为此大抒感叹：


披一身风霜

千里迢迢

独自辗转还乡

寻一方净土

筑巢疗伤

松冈环抱清溪如诉

东篱植黄菊西山种红豆

等你团圆

……


可是，直到现在，我们都没有凭据证实谭老爷那位心仪的恋人是否来此团圆，只有屋后竹林中的孤冢，尚在那里苦苦等候。

人们曾对此产生过疑惑，一名主管南浦县田约地契的官员，有三妻四妾都不为怪，为何就怀有那般痴情？并且从大院所选择的朝向看，其完全颠覆了传统的风水格局。在一个椅子形的回弯中，谭老爷没选坐北朝南的正位，而是取坐西向东的位置，让左面青龙方位临槽接垭。之所以不顾风水之忌，就是因为谭老爷要把大门选做面朝相思的方向。

谭老爷呀！你当年的痴情，该是何等的感人啊！

也许正是因为这份痴情，才感动时光，感动人们，使这座大院承载起一个没有人为损毁的圆满。让后人能来此感受满份历史沉淀下的厚重与沧桑，畅想一眼万年忠贞不渝的爱情。

面对"尘飞不到"的廊刻和"考生在阿"的门额，谭老爷想表达的又是一种什么心境呢？

有人介绍，谭老爷祖居云阳票草镇，因当年看中这里的自然风光，并为谋取五凤沐池的风水宝地，故而不辞百里迁居而来，把这个地方取名为五凤池。新中国成立后，不知是何缘由，就把五凤池改叫成幺台子，一直延续至今。

早先是没有这座大院的，可也不知道故宅建在什么地方。反正谭大俊是从这个山里走出去考上功名的，也就是在清末考中的进士，得到了个南浦县管理田约地契的官职。因无史料可考，便也叫不出个具体明确的官名来。

当年，谭老爷颇有一身才气、满腔壮志。在考取功名后，希望一展抱负成为顶天立地之贤才。可谁知在管理田约地契的官位上，一干经年不得迁升，还常受知县的勒索与压制，使其冲天之志不得施展。加之朝纲紊乱，外寇侵略，内乱四起，民不聊生。欲报国手无长戟，思奋起四顾无路。故在仰天长啸中，就想遁入空门，不问世事。可是，家事国事天下事，事事挂怀难于了绝。对于饱读诗书的谭老爷，便想起孟子"穷则独善其身，达则兼善天下"的这句名言。心灰意冷中，就回到大山深处，寻得一方"尘飞不到"的净土筑巢疗伤。

真的"尘飞不到"吗？虽然在地域上依稀寻到了天堂，可是那心头的千丝缠绕，哪能叫谭老爷放得下？除把大院建成面朝相思的方向外，还想起当年寒窗十年一试成名的喜悦。远望群山，身临极顶独出群峰的壮志豪情，仍还存留心中。无奈时运不济，命运多舛。冯唐易老，李广难封。当年的青春风华少年，满腹经纶的弱冠考生到哪儿去了呢？随时光流逝，蓦然回首"考生在阿"。满目萧然兮，空自悲戚。仰天长叹兮，神不佑庇。情绝天涯兮，思之长涕。筑巢一隅兮，期凤来仪。

面对这座谭家大院，随其情潮泛涌，便自吟出两首小诗来：

## 谭家院子

如果那座老宅

成了某种牵挂

流年的风

永远都吹不走那片云霞

月上松冈

凄冷的梦

在留半的孤枕

等待团圆


天涯

岭横千重

杳鹤久未回归

留下长串期盼

让相思沉淀百年


沧桑

斑驳了老宅

只存故事如茶

越泡越浓

越品越鲜


## 尘飞不到


尘飞不到

景静心不宁

沧桑百年

只为一段揪心的爱情

痛

连着古今

松风如泣

清溪如诉


片云罩着山冈

修竹林中

荒冢哑然无声

只有蓬盖的野草

悲戚发出凄凄丝鸣


伊人

或许归来

遗落的雕床

至今守候长夜

帐束弯钩

蛛网洞开


形似明月的窗口

流云徐过

雁鸿声声

梦寐早日的团圆

盼穿秋水

望断流年

雕柱座上

百合盛开

坍塌的一角

永远都不可倾覆

留爱的心空

注望的楼台


　　我突然意识到，在眼下脱贫致富奔小康的攻坚工程中，文化扶贫已成当务之急。特别是对乡土民居、固堡旧宅、山寨古墓等文化遗产的保护和发掘，不可疏漏。要让山村里的人们记住历史的过往，自豪民族传承的伟大，留下源远文明的根脉。

　　龙驹镇领导为此高度重视，对全镇风土人情、民宿古宅、山寨古墓，全列入文化保护单位名录加以重点保护。特别是拟由每个村建立的历史文化展览室，把从古到今的史证及实物资料，进行认真搜集整理，以焕发绚丽多彩的乡村文化之光。镇上对村里建立展览室提出的五方面重点意见，颇具指导意义：

　　一是村名由来，隶属变迁、历史沿革等。二是村中大事，如新中国成立后的土地改革、互助合作、大办钢铁、农业学大寨兴修水利、家庭联产承包和通路通电通广播等。三是生产和经济发展，如主要农作物、畜禽特色产品、土地整治、基本设施、现代农业、产业发展等。四是乡村文卫建设，如学校教育、典型人物、文化宣传、疾病防治、合作医疗等。五是山川风物，如人文相关传说、著名景点、古遗迹和古民居等。

通过文化的保护、挖掘和宣传，让人们知道我们这个民族的根所系、魂所牵。

在揣着一番思索离开谭家大院的时候，随行的向东村驻村第一书记姚茂瑜说，为挖掘乡村民俗文化、农旅资源和保护历史文化遗产，政府已批准对通向谭家大院的公路拨出230万元资金进行硬化，另拨出专项资金300万元对谭家大院进行维修。到时焕然一新的谭家大院，定会以饱满的热情、深厚的历史情怀，向人们讲述山村的兴衰过往，以及当年发生在这里的一切。

# 路再长也能走过

2019年5月29日，早雨过后，天渐放晴。龙驹镇茶园村的高山上，罩云尚还密布。炊烟生处，不时就有犬吠之声传出来。由此便知，这里还有未搬出大山的人家。我们一行到1组的刘家湾察看茶叶项目发展情况后，村支书代祖琼驾着车，就准备下山回到村里去。山道千旋，如飘逸舞动的彩练。岚雾霭霭，如灵动变幻的轻纱。惬意之中，甚觉心旷神怡。要不是在弯道倒车小受惊吓，在这人间仙境中，一定会生出啧啧惊叹。

在转过三道弯的急下坡处，突然看见两位美女站在一辆小车侧面，十分小心地指挥着另一美女倒车。随着小车前挪后退，看到路边让人腿脚发软的高坡陡崖，大家的心也跟着提了起来。要是技术生疏或是因紧张操作失误，退下坎去，那后果真是不敢去想。

"是谁家的女娃子？简直就没有名堂，哪个地方不好玩，偏偏跑到这个山上来？要是出个意外，怎么跟家人交代？"村支书代祖琼既担心又有些来气地说。

"再看一下，如果不行我就去帮她倒。"驻村第一书记黄成军不由自主地提高嗓门说。

大家手心里捏着汗，好在车头终于被调了过去。

就在大家松口气的当头，一姑娘赶忙跑步过来问道："老师！请问茶园村服务中心在哪里？"

代祖琼还怨气未消地回答说："服务中心在山下。找服务中心跑到这个山顶上来做啥子？你们不要命了？"

"是这样子的。"那姑娘解释说，"我们是三峡中心医院的医生，是来给这个山上的贫困户彭学德和刘传林提供诊疗和健康知识的。这个时候想到村服务中心去找支书衔接工作。"

代祖琼再没说话，鼻子突然一酸，在自顾想象中生出的无名气，全都烟消云散了。

我坐在后排接话说："开车的这位是村支书代祖琼，副驾座上的这位是驻村第一书记黄成军。"

这意外的相逢太让姑娘欣喜了。她绽开惊奇的笑容，忙对前边车上的姐妹叫起来："我们要找的村支书，还有村里的干部都在这车上！"

小车在我们前边小心地行驶着。我们佩服那位开车女孩的胆量，更佩服她们不畏艰险，把健康扶贫担在肩上，把关怀送到贫困户家中的可贵精神。

车到村服务中心时，已是快下午两点了。饥饿中，我们忙催伙房开饭。抽这个空闲，三位姑娘就站在地坝和代祖琼做起自我介绍。开车的那位叫杨丽，在山上过来问村服务中心在何处的叫隆福娟，拿着资料并做着笔记的叫陈云秀。三位都是三峡中心医院儿童医院的医生。为做好"三师"（医师、教师、农艺师）下乡扶贫工作，她们抽出休班时间来对这里的贫困户进行巡访，向他们宣讲医保社保政策，了解他们对卫生知识的掌握情况、对疾病预防采取的措施，以及对健康卫生知识的了解情况等。在与村支书代祖琼的交流过程中，蚊子就在陈云秀的一双腿上不停叮咬。左一巴掌右一巴掌的，几乎难难招架。

看到这个样子，情急中的黄成军快嘴说："看你不穿裤子怎么抵挡得住！"

听了这句快嘴话，大家都哄笑起来。陈云秀脸上泛起红霞，似把山中已经凋落的美艳杜鹃，又盛放了一番。

为消除尴尬，我忙对陈云秀说："再若下乡要像这两位妹妹穿长裤。今天好在不经羊肠小道，要是走杂草丛生荆棘密布的山路，穿着裙子光着双腿，杂草和荆棘就会把双腿划个经纬纵横。那份灼痛奇痒，比蚊虫一厢情愿的猛亲热还难受十分。哪怕你是医生，不拿出好药医治十天半月，那令人讨厌的疤痕也是不得消散的。"

说话间，炊事员就喊开饭了。围在桌前，我们就狼吞虎咽起来，虽然几位美女医生不失斯文淑雅，但大家相信，她们也一定是饿得饥肠辘辘的了。

饭后，几位医生又启程去到茶园村 2 组贫困户向长珍家。原以为她们不会做农村工作，没想到她们一去就和向长珍走得亲近。在拉家常中，进卧室、看灶屋、观畜圈，不经意间，就把家中有多少人、有多少劳力、主要经济来源、老人生病情况等摸了个一清二楚。再把医保政策做出一番宣讲后，还对向长珍家应注意的环境卫生问题进行了提示，同时还为他身患风湿和肾病的父亲进行了病情调理和养生知识的讲解。那有板有眼的工作状态，让人感到她们不仅是医生，还像是教师。

这几位女孩子，一开始我还真没把她们看在眼里，以为就是下来走马观花作作秀。没想到她们的工作这么扎实，并且还如此有条不紊。带着刮目相看的钦佩，我问她们接触了多久的农村工作，为何就把这些工作做得这么得心应手。看来像是位大姐姐的杨丽回答说，她们也没接触多少农村工作，现在来进村入户，只是从专业的角度去丈量健康扶贫工作，再针对问题提出相应建议而已。

听过杨丽的回答，我感到用心用情的人，无论干什么工作，都能很快进入角色。就像她们从事的职业一样，很快就能把得准脉搏，看得准问题，抓得住关键，医得到病症。同时我还感到，在当下脱贫攻坚的伟大实践中，每一个人的作用都不可低估，全社会汇聚的力量将是无比强大的。为实现2020年脱贫致富奔小康的目标，山再高也能攀越，路再长也能走过。

# 为民难入五更眠

"哎呀！痛死我了！你轻点好不好？"

"好！好！我轻点。"在给代友篇翻身擦屁股的代祖琼赶紧回答说。

"祖琼啊！"代友篇突然话锋一转，"你就去弄包老鼠药把我毒死算了。我真不想再把连累你的日子过下去了。你一个村支书，那么多事情要去做，天天来为我擦屎端尿的，我这心里真不是个滋味呀！"满眼泪花的代友篇一直不住嘴地说。

"你是我们村的村民，并且是一条生命，我们能忍心看着你去饿死？就算一时找不到护理，就算没有专项资金，别人不管，我们还能不管？如果是那样，我这个村支书还不叫人骂死！"代祖琼耐心安慰说。

"我这个长把伞你又要去举到哪一天呢？我这个人真是灾星啊！自己命苦不说，老了还要去麻烦别人。早晓得如此，那天去扯个什么草药哟！干脆就爬到岩上跳下去算了。"代友篇抹下一把泪水接着说，"现在这个样子自己受痛不说，还给你添这么大的负担，我的心真是难过极了。我只能说声谢谢你！你把德积在子孙后代身上，我祝他们发财发富，一辈子不遭灾星！"话一说完，代友篇就呜呜哭起来。

看到这个场景，我心头酸酸的。等代祖琼为代友篇收拾干净后，就向代友篇了解起他的情况来。

代友篇指着他的胸口，说他这一生，事事都不顺心，几岁的时候差点饿死。成年后生活也不富裕，就没讨到老婆。包产到户后，日子好过点的时候，山里人又成群结队地外出去打工，他这个体魄不强壮、身体毛病多的人，也不敢像别人那样到外面去闯，于是就留在了大山里。他也曾向与自己年龄相当的女人提过亲，可是谁都不愿意和他一起在村里守着一亩三分地，说到外面去，无论怎么一混，混出的样子都比种庄稼强。于是，在别人嘴巴一撇中，不仅求婚一场空，而且还把自尊心彻底伤透了，从此嘴里就再不敢吐出"娶女人"三个字。可是，娶女人的想法还是时不时地在他脑海里冒出来。2008年的一天，在背瓦上屋的时候，他心里还在想，要是有个女人在上面拉一把该多好，若是再听到灶屋里有个把锅碗瓢盆敲得叮当作响的女人在煮饭，那更该是好上加好。想着想着，一脚踏空，从屋上跌落下来，就把右股骨摔了个粉碎。在医院，不得不把原生股骨换下来。从此，几乎丧失劳动能力的代友篇，所有的希望都破灭了。除了生存，什么盖房和发家致富的梦想，简直是想都不敢想，只得靠村里干部和邻里乡亲关照度日。2011年，村里帮助他进行了D级危房改造，搬到山下公路边的代友篇，心情既激动又酸楚。他说，同样是做人，自己为何就做成了这么个一塌糊涂的样子！

在忧虑、自怨中，他转眼就到了老年。他早晨起来吃过饭，就走出去转转，甚或还跑到山上去向远处望望，顺便就扯些草药回来，管它有用无用，反正放在家里不要饭吃。特别是上山去向远处看看，他也说不出是个什么缘由，反正心头像是有种什么牵挂放不下，究竟是个什么东西，他自己也说不明白，也许是对殷殷情爱充满期盼吧！可是，就在5月6日那天，一如往日上山去望远的代友篇突然腿一软，身一倾，一个跟头栽下山去，就把胸肋摔断了，左腿股骨骨折严重，过去换上去的右腿股骨也严重受损。

代祖琼得知消息后，第一时间赶来，用车把代友篇送到镇上医院进行医治。头两天因没出护工价，没人愿来做护理，全由代祖琼照料。喂药送水，擦屎倒尿，半点不含糊。不知情况的还以为代祖琼是代友篇的亲儿子。但因工作繁忙，代祖琼不得不在出上一天100元工钱找来护工进行护理后，才抽身出去处理事务。

20多天时间过去的时候，因代友篇的身体素质太差，多次检查的指标都达不到做手术换股骨的要求，无奈只得出院进行保守疗养。自5月28日回到家中，下不了床的代友篇，一日三餐全由村服务中心伙房专送。由于代友篇无钱出工资，请不到护理，擦屁股、倒屎尿、换床被这又脏又臭的活，代祖琼不得不去承担下来。我问代祖琼能想出其他什么办法让他腾出精力来，如长期这样下去，可也不是办法，毕竟村里还有许多工作要他去做。

代祖琼面露难色，他也不知道这个事情要干到哪一天。眼下村里像这样的特困人员有11人，其他7人都投靠亲友有着落，另4人还安置在这个D级危房改建的房屋中。这4个无亲友可投的特困人员，全靠村里的党员代录篇为其打扫卫生、洗衣和送饭。在代友篇摔伤后不久，上了年纪的代录篇也因骑车摔伤，尚在住院治疗，即使康复出院，估计也承担不了这项工作了。眼下村集体经济收入还很微薄。欲请个护理又无资金，并且这护理老人的活又脏又累，工资低了是没人愿干的。可就一个钱字，使得代祖琼一筹莫展，护理代友篇的事，就只得由他这个村支书和几位村干部承担下来。每当想到眼下和未来的这些事，直焦虑得代祖琼通宵都睡不着。前段时间垫支的上千元护理费，到现在还没有个出处。代祖琼的妻子还因此说气话要他不要再去干这个费力破财且又不讨好的村支书了，凭其能力，出去不管干点什么事，也能挣个好几万，并且还不招惹是非，落得一身轻松。

妻子的话虽然说得有理，但看到全村脱贫致富奔小康的任务那么重，像代友篇这样需要关爱的人，肩上这副担子，哪能说放下来就放得下来？身为一名共产党员，只要一想起当初面对党旗宣誓的誓词，心头就觉得没有什么可说的。村支书不仅还得当，而且代友篇的屁股还要擦，屎尿还要倒，吃穿还要管。

代祖琼的行动感动了村民，不少邻里乡亲便主动给代友篇送饭。可是那脏活累活，还得由像亲儿子的代祖琼去做。

面对代友篇老人，我生出百般感慨，农村特困人员的生活、生病及晚年护理问题，应是摆在人们面前容易被忽视的老问题，更是随人口老龄化出现的新问题。如果这个问题不解决好，兴许就会出现百个千个的代友篇，接着就会有百个千个像亲儿子一样的村支书代祖琼挺身走出来。

作为村支书，这项工作代祖琼义无反顾应该去做。可是，为了特困人员生活护理的长远之计，必须得建立起政府、社会和爱心人士共同关怀的有效联动机制，举多方之力，此难题才有解决的可能。

# 关上一道门　打开一扇窗

　　就像一个晴天霹雳，罗绍文做梦都想不到，建在山里的这座养牛场，会被通知拆除。

　　2016年底投资120万元建起的1400平方米养牛场，一年多来，虽然出栏160多头牛，收回投资成本近50万元，但面对大额的投资回收缺口，罗绍文还是难以承受。

　　他到镇上去报告过情况，希望能把养牛场保下来。镇畜牧站站长郎士万向他做出解释，说他那个地方是新划入的王二包自然保护区，除缓冲区的养殖场可转型发展别的产业外，红线区内的所有建筑必须拆除，他的养牛场在核心红线区内，所以没得商量，必须按国家政策要求办。

　　拖着沉重的步子回到家里，罗绍文好几天茶不思饭不想。他一个山娃子外出去打工，好不容易拼死拼活才挣了几十万，后来回到村里就在山下干起养牛事业。由于这里属王二包自然保护区，气候温湿，空气清新，水土富含多种矿物质，所以养出的牛肉质鲜嫩，得到了许多商家和消费者的青睐。经测算，平均每头牛可带来3000多元的纯利润。2016年，尝到甜头的罗绍文选择了这处海拔700多米的高山建成养牛场，准备在那里落地生根大干一番。就在养牛场初步产生经济效益欲再扩大规模的时候，突然接到镇上通知要求予以拆除。

若是早划红线不让建养牛场，傻瓜才会去把100多万块钱砸到这个山上来。这下真是完了，一切都得从头再来。可是，这个从头再来究竟去干什么呢？罗绍文已是方寸大乱，完全不知道下步棋该如何走。

正处这个十字路口，村支书代祖琼把他找来商讨迁建养牛场的事。对村里来说，发展个有效产业不容易。更何况通过实践检验，这里养牛是个增收致富的好项目。现在政府要求拆除，代祖琼就想让他把养殖场做个迁建，并且采取"村集体＋养殖能人＋村民和贫困户"模式，办起个养牛合作社，把这个养殖项目发展成茶园村的龙头项目。

罗绍文与村里达成协议后，就决定在山下流转3亩土地，建成年规模达100多头的养牛场。

5月9日，驻村第一书记黄成军和村支书代祖琼去到山上察看拆除扫尾工作的时候，罗绍文表示一定按政府要求拆除干净，还主动要把场地整理出来以恢复生态，毕竟这块土地留下过他追逐奋斗的梦。

当问及迁建养牛场开工的事，罗绍文说等政府把迁建养牛场的环保手续批下来后，就开始动工，力争年底前把牛养进去。同时他还在畅想，欲把牛粪做成生态肥料，再去流转上百亩土地种药材。他向农艺师咨询过，获知用制成的生态肥种出来的药材，其品质极优。其利用生态链和产业链发展的经济增收项目，定是富民增收的好项目，罗绍文打算就这么干。驻村第一书记黄成军和村支书代祖琼对这个延伸项目表示大力支持。并表示具体采取什么模式，可由罗绍文先做思考，到时再提交村里商议。

有了村里干部的贴心支持，罗绍文增强了信心，从失落与绝望中走出来，他将会迎着东风，把富民增收的路越走越宽广。

# 大山上的守望者

　　他从这个大山里走出去，凭借自己的吃苦耐劳，从一个小打工仔，到小包工头，再到名副其实的建筑老板，那是付出了巨大心血的。可是，村里有的人就没弄明白，说他在城里有车有房有事业，为何毅然决然就要回到这个大山上来做种养业的农业项目呢？难道回农村发展就比在城市做工程强？难道大山里真的就有金娃娃？

　　邓华生的回答是，为了山上的村民，他就愿意这么干。

　　那是2015年的秋天，邓华生应母亲要求，回老家龙驹镇茶园村1组走了一趟。老家的土墙房虽未损坏，但大门前和房屋内，已是蛛网密布，亦如千结的双丝网，一端连着老屋，一头系在心头。屋檐外，杂草长满整个地坝，从鸟嘴里漏掉的杂草种子，已破土生长，早早地就高出去个人头。若是再过几年不回来，杂树成林就会把老房掩蔽，仅凭记忆，弄不好就找不到回家的路了。

　　母亲说想回来住这个房子，他把房前屋后进行打扫后，突然就泛起情潮，也生出想住在这座满是童趣、温馨的老屋里。怪不得母亲常常惦念着自家老屋，哪怕是住在城里的高楼大厦里，也常说不舒服、不习惯，也许这就是人们常说的乡愁吧！

好些年没回家，山上10多户人家，有好几户都搬去山外了。除却垮塌的残垣断壁还在诉说当年的往事外，童年的发小不见了，长辈的呼喊声也不见了。在追寻过往中，思念变得那么浓。一些没走出去的人家，基本上都是留守下来的老人。在交谈中，他们无不嗟叹岁月的流逝和世事的沧桑变化。就在他告诉大家自己的母亲想回来住时，父老乡亲在表示欢迎后，又愁眉不展了。大家说从山下到这山上1200米海拔的地方，好几公里都没修公路，晴天一身灰，雨天一身泥，加之医疗条件也没城里好，有福不享，为什么要回来遭罪呢？

话说到这里，邓华生就在想，既然大家说有这么多困难，那他们为什么还非要住在这个交通不便、医疗条件极差、生活十分艰苦的地方呢？突然感到自己像是有什么责任，得把这里的面貌做出个改变。

要致富，先修路。改变这里的落后也是如此。于是他就到镇上去找领导商量，表示想自己先期出资把上山的公路修出来。镇上领导同意了他的做法，只待向上面立项批复资金后再去测算补偿他。

回到村里，他请来专业人士对土路进行了测量。再拿出资金120万元，调来挖掘机进场施工，两个多月时间，就把一条崭新的公路硬化了出来。就在村民为之高兴欢呼的时候，他又在想，路修通了，该是发展产业项目带领村民致富的时候了。于是，他就向本组村民流转来200多亩土地，用200亩种上由农艺师研发出来的晚熟李；用30亩种上引进的黄金叶优质茶。他虽然没采取村民入股的形式，但是，他却把山上留守的有劳动能力的 39 人全部雇到自己的项目上。50 元一天，身不离村就能让村民每月挣到千余元。按当年贫困人均 3560 元的脱贫标准，他带领的 7 个贫困户，全部超过了贫困线，并且在扶贫成果巩固中，将获得持续稳定的务工收入。

在项目做起来后，71 岁的老母亲就来到山上，住在了梦寐以求的老屋里。村干部对邓华生进行力所能及的关怀，希望他做出成绩，以返乡能人的身份，真正带领村民致富。

在茶园和李园初见成效的时候，2018 年 7 月，邓华生又建起规模上百头的养牛场。牛还没买来入圈，突然就接镇上通知，说这个地方属王二包自然保护区的缓冲区，不得从事养殖项目。对已进行的养殖项目，虽不要求拆除，但必须得进行项目转型。听到这突如其来的消息，邓华生转变思路，另辟路径。他说，老家这个刘家弯，在清朝时，刘家出过两兄弟，一个是举人，一个是武官，至今还有墓穴为证，这无疑是很好的人文历史标签。同时在这个大山上的沟壑中，还有不少石臼，可能是亿万年前大自然神力留下的馈赠。这不光是人们探奇觅怪的好去处，更是科普考古的好地方。或许有朝一日，这里就会名扬天下。再加上这里靠近王二包核心区，苍松翠柏，遮天蔽日，鸟歌悦耳，兽啸长林，一派原始生态的味道，在新鲜得不能再新鲜的清新空气中，定会让人明白邻村一脉山上的谭家大院，当年立在檐廊上的"尘飞不到"石刻的超然含义了。

有这样的历史文化和自然景观，邓华生就在盘算，何不去把康养农业和休闲避暑项目办起来呢？除继续发展自己开发的李子项目外，还可规划扩大黄金叶茶规模。在今年的试产阶段，黄金叶茶还凭借其品质和口感一炮走红，有的商家当时就欲下订单，只因规模有限才没去承签。信心满满中，邓华生还看重这里的天然优势，即春有百花秋有月，夏有凉风冬有雪。只要来到山顶上，天天都是好时节。

在听过邓华生讲的产业发展故事以及他的下步打算后，我就对他竖起大拇指来。他在坦然一笑之后，就说干农业项目十分辛苦，并且风险极不好掌控，弄不好除了锅巴就没有饭，有时还会倒贴上一大块。但不管怎么样，为让生他养他的故土兴旺发达，为了留守在山上的父老乡亲富裕奔小康，他要做这个大山上的守望者，不后悔，不反悔。

# 跋涉高山上　去到白云边

在龙驹镇向东村便民服务中心的地坝里，有位汉子正拉着佝偻老者慢慢打转。更奇怪的是，在一圈一圈中，那汉子总是反复唱着"流浪的人在外想念你，亲爱的妈妈。流浪的脚步走遍天涯，没有一个家，冬天的风啊夹着雪花，把我的泪吹下……"那首《流浪歌》。

听着这首《流浪歌》，那老者极其配合，点头哈腰中，双手紧拉着汉子的手，踏着富有节奏的步子，似乎是在回味流浪天涯的日子，并在对妈妈的想念中，保持着童贞似的纯情与笑容。

几圈过后，汉子就引老人坐在门前，让他那双不停颤抖的手，抓住套在门边的绳套，以缓解颤抖。

我不知道老人是怎么了，赶忙过去向汉子打听起来。那汉子叫蔡福中，是村卫生室的医生。为对那位老人进行功能训练，每天他都要拉着老人在地坝里转几圈。那被拉着的老人叫陈启山，72岁，是村里的特困户（过去叫"五保户"）。大约是在50多岁的时候，陈启山经人介绍娶了妻子，在共同生活不到一年的时间里，因感情不和，多次打闹后，那女的就不辞而别了。或许是心头怀有伤痛，陈启山不久就开始间歇式说说

148

唱唱，非常不幸地患上了农村俗称的"心疯癫"。5年前，由于生活不能自理，村里便把他安置在服务中心，一直由村支书陈丕山的爱人照顾。去年底，村支书陈丕山的爱人到重庆去照顾刚出生的小孙子了，陈启山除病情调理由蔡福中负责外，吃喝拉撒全由村支书陈丕山负责。蔡福中同时还介绍，由于陈启山老人精神失常，就这么拉他在地坝里打转是不行的，必须得唱《流浪歌》他才显得十分顺从。这里面有些什么特别的缘故，他也说不上来，反正是在无意间发现唱这首歌好使，所以每次拉陈启山老人打转的时候，就开始这么唱。

这真是用心良苦啊！我便对这位坚守乡土的乡村医生夸赞起来。蔡福中在摆头中笑笑说，他是因为要照顾年迈的父母才留守下来到村卫生室工作的。他爱人和儿子都在外打工，每月收入都在3000元以上，比他的收入高出一两倍。若没有对父母的牵挂，他不敢保证是不是会在村卫生室上班。现在留守下来，不是刻意要去做孝子，而是真心实意地要为父母敬上一份孝心。

有仁爱之心的人，不光是对父母，对任何人都能表现出关爱。除对陈启山老人外，他对全村的留守村民也是如此。在向东村2组的高山上，有位70多岁的李代远老人，因体能衰退，加之患有高血压，不时发病，他就得上门诊治。一天深夜，李代远的爱人来电话说他摔了一跤，想请蔡福中上山出诊。蔡福中二话不说，背着药箱就向海拔1000米的山上爬。迂回的山道穿梭林中，阴风森森，野物号叫，直让人毛骨悚然。爬上一个多小时，大汗淋漓的蔡福中才到达李代远家。他解开李代远的衣服一看，胸肋都翘了起来，这一定是胸肋骨折了。在轻轻扶正位后，蔡福中就开始对老人细心医治起来。20多天的时间里，无论天晴下雨，蔡福中天天都上去为其诊治，直到他的病情得到减轻为止。

又是一个隆冬的深夜，向东村2组的陈玉元打来电话，说他妻子方碧英先前好好的，这时突然就发抖，并且话都说不明白了。一听这话，蔡福中就断定方碧英一定是突发脑溢血了。于是急忙告诉陈玉元不要把病人随意翻动，如因此出血过多就会有危险，必须等120来后用担架抬。为给120带路，蔡福中站在寒风凛冽的村口，一等就是半小时。接到120后，赶到陈玉元家，赶紧把方碧英送到三峡中心医院进行抢救。由于处理得当，方碧英才活了下来。

蔡福中说，在当下农村，留守的基本上是老年人，向东村就有300多位。这些老人大病时有发生，小毛病更是多如牛毛，乡村医生在村里为其发挥的保障作用不可低估。他现在为了父母留守在村里干上了这份工作，无论如何也要干好，并且要把爱心奉献给患者，奉献给留守的村民。"老吾老，以及人之老；幼吾幼，以及人之幼。"

说话间，又有人来喊蔡福中出诊了，在简单问明病情后，他背着药箱，就同来者走出村卫生室，沿着那条蜿蜒的山道，把身影融进深林里，跋涉高山上，去到白云边。

# 助推产业发展　活跃集体经济

作为一个零产业的贫困村，对贫困户的帮扶，除引导外出务工、买几头猪羊、送钱物这些寻常方法外，能不能创出新路子，想出新办法，推进扶贫工作可持续取得显著成效，以最终实现人民群众脱贫致富奋小康的目标，这是 2018 年 10 月，由重庆市税务局派到重庆市 18 个深度贫困乡镇之一的龙驹镇驻老雄村第一书记黄未认真思索的问题。面对老雄村的 174 户贫困户，他认为，要整体脱贫致富，必须按照乡村振兴战略"产业兴旺、生态宜居、乡风文明、治理有效、生活富裕"的总要求，先行把产业发展起来，以产业的带动揭掉贫困帽子。只有这样，扶贫工作的基础才巩固，人民群众才可得实惠。

为此，黄未找来农委的农艺专家王万清，先后 5 次到村里就气候环境等因素对项目选择进行筛选。经科学论证，得出的结论是，这里可发展优质水果翠玉梨、药材前胡和黄精。为此，黄未就想在老雄村 1 组把翠玉梨项目先行发展起来。但是动员会虽然开了，可就是没有人愿意站出来干。村民们的想法是，发展项目就得投钱，更何况这个翠玉梨要三年才见效，虽然别处发展得好，但自己这个山上行不行，仅凭农艺专家的论证，他们是不愿去解囊的。更有人说，你们村里干部只喊我们来干，那你们为什么不自己来干呢？是亏是赚你们做个样子出来呀！这就叫村看村户看户，群众看干部哇！

这真是个不小的难题。黄未就召集村两委开会商议，决定让村干部带头建立合作社，税务局先行投入 10 万元启动资金入股村集体经济，其余的由村干部筹资 40 万元，把翠玉梨项目先干起来。

村里让出资 20 万元的综治专干代祖燕当理事长，采取"村集体＋合作社＋村民"的模式成立起合作社，在 1 组流转土地 70 亩，就把翠玉梨项目发展了起来。原本不愿出资的村民，现在天天笑呵呵地在项目基地上打工，不仅每月能挣到 1000 多元的工钱，而且还对入股合作社产生了兴趣，不断有村民主动参与到合作中来。

在打开这个局面后，黄未又在 5 组以"公司＋村集体＋农户"的模式，流转土地 127 亩，建起前胡药材生产合作社。

由于产业项目的推动发展，留守在村里的劳动力全都有事可做，高峰期还出现用工短缺的情况。这个产业兴旺带来的好处，直让村民乐得合不拢嘴。过去留守在家，一天无所事事，哪敢想挣得到一分钱？现在人不出村每天就能获得 50 元的收入，并且中午还供上一顿有肉有菜的午餐，这样的好事简直是做梦都没有想过。

村民尝到了产业发展带来的甜头，曾各自为政、单打独斗种植的优质传统水稻，便以合作社的形式，连片 110 亩提质整合种植起来了；与梧桐村重庆铭森晟祥农牧科技有限公司签订的代养 1000 只芦花鸡项目发展起来了；引进餐饮企业，把 5 亩稻田养蛙的项目发展起来了；经考察引进的羊肚菌项目，15 亩土地已流转到位，20 个大棚正在拟建中。这些产业项目的有效发展，使曾一度空公化的集体经济，2019 年实现收入 8 万余元。

2019 年 3 月 29 日上午，重庆市委常委、万州区委书记莫恭明来到老雄村视察扶贫工作，对驻村工作队的积极作为给予高度肯定。同时还叮嘱在搞好产业项目发展的同时，要进一步发挥税务局干部懂经济、会算账的优势，做好村集体经济、各产业项目和广大贫困户利益分配机制的有效联结，以把党中央提出的坚决打赢脱贫攻坚战的伟大号召落到实处。

4 月 17 日，由重庆市税务局捐资 40 万元扩建的老雄村便民服务中心竣工了。在办公迁入那天的主题党日座谈会上，村支书向金昭向大家展示了老雄村未来美好的发展前景。他说在重庆市税务局及派驻的扶贫驻村工作队的帮扶下，村里的产业项目从无到有，从有到兴，成效甚为显著。实现 2020 年全面脱贫奔小康的目标，已是看见东方即将喷薄出的一轮朝阳，是立于大海之滨看得见桅杆的一艘帆船。

# 盛开金银花  满目生斑斓

初夏时节，这里是花的海洋、暗香浮动的国度。448 亩的金银花，几乎把一整片山都盖满了。这就是龙驹镇民义村引进的金银花药材种植项目。

2017 年年底，作为人才引进的村副支书向文生来到村里一看，两山闭合疑无通途，田地稀少沟壑遍布。这样的一个穷山恶水的地方，作为分管产业项目的副支书，该发展什么产业呢？在向四面八方求助中，他的脑子里也不停寻思着。

2018 年 5 月，他在进山途中，突然闻到一篷篷一簇簇的金银花发出来的清香，于是就来了灵感，心想如能把金银花发展起来，这不就是个发展项目的突破口吗？经网上搜寻和向吉林恒金药业股份有限公司咨询，确定了金银花在国内市场需求量十分巨大，光吉林恒金药业股份有限公司每年需求量就达 300 多吨，还常有供不应求的状况。

得到这个信息，向文生忙算了种植金银花的收入成本账。按标准化种植要求，每亩种植金银花 120 株，每株能产金银花 2 公斤。按市价 150—180 元一公斤算，240 公斤就可实现销售收入 36000—43200 元。除去各项成本 25000 元后，净利润就可达 11000—18200 元。这是唤醒村里大片荒废土地和实现"发展产业致富一批"的重要引擎项目。于是，向文生就利用自己为吉林恒金药业股份有限公司驻重庆同济堂事业部讲师团讲师的身份，请到62岁的董事长张宗斌来民义村进行了为期两天的现场调研。张宗斌董事长首先确定这里是个种植金银花的理想场所。至于药理功效如何，待把水土和金银花样本取回去化验后才可做出结论。

在送走张宗斌董事长后，向文生的心一直悬着放不下来。他不想听到这里不适合发展金银花的坏消息。如果那样，他不知道在这里还能找出个什么种植和养殖项目来带领村里的群众致富。加之现在发展的种养业项目同质化严重，自己在这里去跟风赶潮，弄不好就会事与愿违。要么就是品质不能保证，要么就是在产品市场过剩中没有销售出路。岂不落得个干劲越大，损失越重的严重后果吗？

一周时间过去了，张宗斌董事长打来电话，欣喜地告诉向文生，这里的水土利于多种药材生长，除金银花有上佳的品质外，种植蒲公英、葛根和重楼等，也是不错的产业项目选择。张宗赋董事长建议重庆片区同济堂事业部讲师团成员可先期在吉林恒金药业股份有限公司旗下成立子公司，在民义村把金银花项目发展起来，待实地发展效果与技术判定没有差异后，母公司将来这里发展上万亩的药材种植基地，以把党中央产业扶贫的要求做到基层，落到实处。

得到这个消息，向文生就向重庆市科学技术协会派驻村里的第一书记杭勇、村支书杨静和村主任谭志祥做出汇报，接着就一同连夜做出产业发展方案：一是采取"公司＋合作社＋

农户"的模式，流转土地，整合资源。二是明确土地流转价格。前三年，荒地按每亩每年 50 元，熟地按每亩每年 150 元给付流转费；三年后，土地统按每亩每年 200 元给付流转费，过五年后，每亩每年按 50 元递增流转价格。三是固化分红比例。从项目建成第三年开始，产业项目就按年销售总额的 1% 提取分红资金，按农户 60%、合作社 30%、村集体 10% 的比例进行分红。

在把方案提交村两委讨论通过后，受命的向文生就到 5 组召开建立合作社的动员大会。可是，当头一棒差点就把他击昏了。村民们说他这个副支书是来骗人的，前些年也有人到村里来发展油桐，把土地流转后，树没栽上几棵，果也没结出几个，流转费一分钱没付，不知什么时候老板就一拍屁股跑了。一朝被蛇咬，十年怕井绳，谁都怕再摊上当年那样的事，所以很难一下把大家的心凝聚到一块儿。此后经反复做工作并承诺先期支付流转费，村民在自我盘算不会造成损失后，才点头认可。

土地向合作社流转到位后，吉林恒金药业股份有限公司旗下的重庆新恒金中药材种植有限公司就在村里挂牌了，并拿出 100 多万元的启动资金，用在了项目的实施上。村民看到投资的公司是来动真格的，也都打消了顾虑。在项目落地的 5 组，61 户村民就有 58 户参与到合作社中，其中贫困户 12 户，低保特困户 1 户。同时还把过去闲散在家的劳动力，全都吸纳到产业项目务工中来，除每天付给他们 60 元的务工费外，还付给 5 元钱的伙食补贴。

今年 5 月以来，金银花竞相绽放，不过，这是盛产期的第一年，公司没组织统一采摘，因此花期挂藤时间长。不少闻讯的人们相约而至，在花间留影逐梦，与蜂蝶同乐，与行云比肩。更有成双成对的恋人牵手而至，花前月下，把相约三生的心紧贴在一起，像藤一般缠绵，像花一样芳香。于是就有诗句从游客口中喷涌出来，以这首《咏金银花》的七律甚得滋味。

## 咏金银花

玉冠金蕊抚数弦，

芳丛静雅异娇妍。

朝梳云鬟妆窗镜，

夕将青丝对酒眠。

半夜花前情百绕，

三更月下梦千缠。

霓光闪烁生香韵，

暑闷清消泡碧泉。

目前，负责产业项目管理的向文生向去到那里的人们介绍，在民义村 5 组的这片大山上，已另规划出蒲公英、葛根和重楼三个发展片区，在做出成效后，完全有望把吉林恒金药业股份有限公司的药材产业基地发展到这里来。到时，在成千上万亩连村连镇的药材种植中，脱贫致富奔小康的梦就不是梦，而是拓开的一条宽敞致富通途，是为美丽乡村勾画的一幅缤纷画卷。

# 林振禄的心愿

林振禄说他 18 岁就开始做发家致富的梦，一步一步走过来，转眼就到 40 岁了。起起落落中，他一直没有停下追梦的脚步。现在回到家乡，依托故土这个平台，总算才把事业开创出来。尽管目前来说还算不上"高大上"，但真真实实是把一个木材加工厂办了起来。

1996 年，初中毕业的林振禄没忙着出去打工，而是跟随一木匠师傅学手艺。他在想，如果现在就一脚走出大山去打工，没有一技之长的自己，很难在外面的精彩世界迈出像样的步子。俗话说，"天干饿不死手艺人"。一旦学有所成，无论到什么地方去做事，也才有声音和底气。经过 4 年的跟师学习，林振禄不仅做得一手好木活，而且为人处事谦和，在同龄人中，可谓是出类拔萃的佼佼者。他就想留在家乡，好好把本事发挥出来。可是，事情总没有他想象的那么乐观。随外出打工的人倾巢而出，村里除了老人和孩子，再就很少见青壮年了。加之在退耕还林的政策中，农村建房用起钢筋水泥，并且家具全用不着请人到家中做，因为家具完全可到市场上去买，并且样式还齐全，林振禄的手艺渐渐派不上用场上。

这种变化，给林振禄的发展带来极大冲击。无可奈何下，他抵挡不住历史的潮流，也就进入了打工者的行列，去浙江省乐清市的一家工厂做起数控车床的车工来。通过四年的吃苦耐劳和踏实肯干，他从众多的打工仔中脱颖而出，成了数控车间的管理人员。对一位从农村出来的打工者来说，这当属不易。

就在工作中不断取得成绩的 2017 年，一次偶然的机会，他发现大中型产品的材料包装，可谓是一个没太被人重视的发展项目。接着又联想到当年家乡有那么多的杂木用材，完全就可以把那些做柴烧都还被嫌弃的椿树、麻柳等杂木变废为宝用起来。他取道回到村里做过调研后，就决定把这个用木材搞包装的项目办起来。2018 年 1 月，林振禄就注册了重庆博克途包装有限公司，在与美尔森、东风小康、福特、迈丰动力谈妥上门服务提供包装协议后，就回到民义村，在龙驹镇和民义村两级干部的帮助下，租用场地为包装公司办起原材料供应的加工厂来。目前，加工厂的规模还不是很大，只容得下 7 到 10 人做工，其中还主动承担帮扶 3 个贫困户，并提供劳动岗位吸纳 3 人做工，每天向其支付工资 100 元左右，全年实现收入过 2 万余元，一举就让贫困户摘掉了贫困帽子。

2019 年年初以来，公司每月实现销售收入都在 10 万元以上，净利润在 3 万元以上。处在无比兴奋中的林振禄说，无论是城市还是农村，在经济高速发展和农村出现新业态、新变化的当下，处处都充满机遇，到处都可觅到项目。他还说，这点小小的成绩不会让他骄傲，他的心愿是继续在村里扩大木材初加工生产规模，在自身获得更大经济效益的同时，也吸纳更多村里的劳动力让他们取得收入，从而带领更多的村民，尤其是贫困户迈上小康通途。

# 芳菲成曲　放喉成颂

　　他神情坚毅地坐在轮椅上，怀中抱着塑料桶，在玉米面中和好青饲料后，就双手驱动轮椅，到猪圈给饲养的59头大猪小猪喂食。看到他用双手支撑住身体在10多间圈舍中艰难挪动时，我为他那自强不息和不向命运低头的坚强感动得鼻子一酸，泪水顺着脸颊就落了下来。

　　他是一位残疾人，站不起的身子，只能坐在轮椅上。从堂屋到猪圈，就是他每天要周游的"世界"。尽管距离不过20米，但那来来去去的身影，是那么坚强，并且因为辛勤劳作，又彰显得是那么伟大。我擦去感动的泪水，便问他为什么要这么做。他望了我两眼后，一句话直抵我的心灵，他说，那是因为爱！

　　话一出口，他的眼眶就开始湿润。他接着说："我何华奎要是没有爱，就不可能活到今天。要是没有爱，就不可能有这份坚强。要是没有爱，我可就……"

　　何华奎终于说不下去了，哽咽了好一会儿后，才把他所遭遇的不幸和感受到的爱向我娓娓道来。

　　当年，何华奎在赶场社区6组也是位吃苦耐劳且不乏发家致富头脑的好青年，不少女孩都向他投来青睐的目光，可他偏看中一位教师的女儿向仁美，接着就把她娶回了家。

成家立业后，夫妻俩就在村里办起砖厂。在农村建房由土木结构向火砖洋房的转变中，火爆的需求给家中带来了可观的收入。何华奎于心盘算，照这样子发展下去，到时这个家，一定会焕然一新。心头甜滋滋的何华奎起早摸黑，总有用不完的劲，总有使不完的力。就在人们向他投来赞许和羡慕目光的时候，一场灾难突然就向他袭来，把他所有的期盼和梦想全都浇灭了。他由此哭干过眼泪，甚至还想轻生自寻一个解脱。

那是 1998 年的一天，劳累一天的何华奎回到家，把两个月大的小女儿抱在怀里，倍感无比幸福。就在对女儿的逗乐中，腰上像是被针扎了一下，突然就奇痛起来。向仁美忙把女儿接了过去，以为他是没在意闪了腰。何华奎进屋躺在床上，认为休息一会儿就没有事了。整整一夜，腰痛时好时坏，天刚放明，何华奎就去到赶场街上找到一位土医生端腰，即扭扯按摩。在疼痛似乎得到缓解后，何华奎又去到砖场搬砖，但不到一会儿，突然就觉得支撑不住，回到家躺在床上半点都不能动弹。次日清晨，何华奎在床上总是无法爬起来，其腰下的半身，只有知觉，而无力量。站不起来，从此就成了他永远都挥之不去的心痛。

何华奎瘫痪了，许多村民都为之感叹。同时也认为他那如花似玉的妻子定会不忍守活寡，保不准在个什么时候一走了之，撂下他这个患病丈夫不管了。"夫妻本是同林鸟，大难临头各自飞。"在农村，这样的情况真不鲜见。大家都竖起耳朵，以为不久就会有故事传到耳中来。

　　看着不到两岁的大女儿和才两个月大的二女儿，何华奎也生出担心，要是妻子来个不辞而别，这往后的日子要如何下去？他每天看着向仁美的脸色，稍觉有什么变化，他的心都会提起来。他常常在心头祈祷，希望妻子不要离开他们父女。同时他心头又愧疚，自己落下这个残疾，妻子跟着自己守活寡不说，而且这一家子的生活，都得靠向仁美的肩膀去扛。多少次看着妻子汗湿的衣衫和劳累疲惫的面容，他的心都像刀一样在剜割。他曾向妻子提出让她去选择自己的幸福生活，他不忍心就这么把她美好的人生拖累下去。向仁美捋着他的衣领，没去正面回答这个事，只是怨他病了还想那么多。向仁美心头明白，她的幸福不在于摆脱家庭的不幸而去落得什么轻松，也不是希望有个奢华好日子，只要一家子在一起，头顶烈日挥汗如雨，是她愿意谱写的美妙音符；披星戴月身历霜露，是她人生绽开的动人篇章。她一直心存希望，盼着何华奎哪天能够再站起来，可是奇迹一直都没有出现。睡在铺上怕长褥疮，她给何华奎翻身子。半身不遂不方便，她给丈夫端屎尿。日复一日，年复一年，一晃就过去了21年。曾经的俏丽佳人，熬成了45岁的半老徐娘。那份不可与人道的忍耐，那份勤劳淳朴的坚持，可不是一般人能做得到的！一位老大娘说，何华奎这个家，要是没有向仁美撑起，何华奎死好几回都不算多，两个女儿也都不可能培养成大学生，变成山里飞出去的金凤凰。

　　这老大娘说得不错，自何华奎生病后，为四处求医，开

芳菲成曲　放喉成颂

砖厂的积蓄没多久就花光了。砖厂转让出去的收入也没顶住如流水般的开销。家庭终于被疾病拖垮了，并因之陷入深度贫困中。

随着两个女儿不断成长，脚一迈进学校就增大了开支，一亩三分地上的耕种，只能维持生存，若要取得额外收入，那是做梦都不敢想。向仁美在想，身为一个女流之辈，又能做什么呢？兴许养猪是一个能把家支撑起的好门路。于是她请来工匠，建起五间猪舍，就把猪养了起来。养猪从此就成为这个家庭主要的收入来源。2014年秋天，何华奎趁家中无人，就双手撑着两个小板凳，拖着身子去猪圈。当看到20多头即将出栏的肥猪，他想象得出妻子这些年是如何打拼过来的，两行热泪唰唰而落。他在猪圈的过道上撑了几个来回，想用另一种站起来的姿势为妻子做些力所能及的事，必须得对爱有所回报，哪怕是给猪仔添一瓢食。这虽然关不了多大痛痒，可这份心情当算是自己对妻子爱的最为虔诚的表达。向仁美回家看到他的样子，惊吓出一身冷汗，忙叮嘱他别出来逞强，要是出现个意外怎么办？何华奎说他试了几次，能帮助向仁美在家喂猪，并恳求一定得让他来为她做点事。

何华奎能在家喂猪，倏地就成了一道新闻，邻里乡亲来看过后，都对他竖起大拇指。大家心头明白，他一定是为报答妻子爱的付出而表现出来的坚强。这怎是一个爱字了得啊！

2015年，何华奎一家被纳入建档立卡贫困户进行帮扶，在落实低保政策后，帮扶干部又帮助改建养猪场，拟扩大养殖规模；并送来轮椅，让何华奎以另一种站起来的姿势，站得更精神，站得更坚强。

此时此刻，何华奎眼中荡漾着希望，对未来也更有盼头。他坚信，不幸的人不会一辈子不幸，只要坚持住，一定会有转运的那一天。

2015年，高中毕业的大女儿何忠琴考上了江苏师范大学，收到录取通知书的那一刻，何华奎拿着通知书久久地没有放下。他在欣慰女儿有出息的同时，心头充满了对妻子向仁美所有付出的感激。

坐在轮椅上的何华奎，身子像是有了更强有力的支撑，他要为妻子分担劳累，还要在两个女儿面前树立起坚强不屈的形象，从而激励和鼓舞女儿勇于拼搏，昂扬斗志，立志成才。何华奎的坚强形象没有白树，当大女儿在大学潜心学习的时候，二女儿何小莉于2017年也考上了重庆师范大学。

我问他两个女儿为什么都去报考师范大学，何华奎说是因家里除了养猪，就再无收入去供女儿读书。读师范是免费的，所以就做了读师范大学的选择。

在我离开何华奎家的时候，向仁美因去帮人做工还没回来。我本想去看看这位默默奉献的好女人、贤惠不弃的好妻子、育女成才的好妈妈，虽然未能如愿，可我在心头已勾画出她的形象，在眼帘中已生出她的轮廓。那平凡中的伟大，在大山深处亦如一首赞歌，芳菲成曲，放喉成颂。

# 谭登会的骄傲

　　谭登会至今还不无骄傲地说，要是当年不因家中贫困初中没毕业就辍学，凭他的智力和学习成绩，若是放在今天，不考上个重点大学那才怪！6个兄妹的大家庭，其艰辛程度是可想而知的。特别是看到父母因操劳而面容不断沧老，身子不断佝偻，谭登会心头就难过极了。他把牙关一咬，竟然辍学跟三哥去学开拖拉机了。在技术过关后，他就开起了农用车，一开就是好几个年头。在当年那个交通运力不足的农村，能开上农用车，在村里也算是位颇有脸面的人物。沾沾自喜中，他认为这辈子完全就可以这么风光地过下去了。

　　那是一年春夏之交的时候，谭登会给一段公路拉石子，一位姑娘就问他："大哥！你一天能挣多少钱呢？"

　　谭登会显得自傲而又自豪地回答："玩玩耍耍就可弄个一两百块。"接着点燃一支烟，吐出一串圆圈，转向姑娘显出一副不屑一顾的样子。

　　也许是这副高傲的样子惹怒了姑娘，她把辫子一甩，挂着锄头盯住谭登会说："我还以为你挣了一座山哩，一两百块钱还敢出口炫耀，岂不见这段路的包工老板一趟下来就挣几十万，有本事就别开破车，去当老板跟能人比一比！"

"咿耶！你是哪里的毛丫头，嘴这么凶，谨防找不到男人嫁不出去。"谭登会回击说。

"你放心，我嫁不出去也不找你，因为你算不得老几。"姑娘满嘴轻蔑地说。

"像你这么个出口伤人的刀子嘴，找我也不得要，就是天下女人绝种了我也不得要。"

谭登会话一说完，被激怒了的姑娘捡起石块就要向他砸过去。吓到的谭登会拔腿就跑，方才躲过姑娘的这一击。

是夜，谭登会平生第一次失眠了。那在大脑中浮现出的那位姑娘的影子，怎么都赶不去，对姑娘的凶狠不仅半点恨不起来，反而还心生后悔，姑娘捡石块来打他的时候，不该躲避而逃之夭夭。要是让她打中，可不就好去天天找她讨说法吗？那个醉翁之意，岂不是让自己心头乐开花！于是，他决定再去惹那姑娘一回，以让她捡起石块来砸中自己。可是第二天拉石子到了工地，谭登会哪还敢去招惹姑娘，甚至半眼都不敢与其相望。一天两天的日子过去了，谭登会心情却烦躁起来，回到家就躲在屋里听《在那遥远的地方》那首歌。特别是"我愿做一只小羊，坐在她身旁，我愿她拿着细细的皮鞭，不断轻轻打在我身上"的几句歌词，差点就要了他的命。天还没亮，他就去找到在那段路上做工的杨大伯，问起那位姑娘的情况来。杨大伯说那姑娘是对门山上的，湖北人，名叫吴周琼。从几个月做工情况看，那姑娘勤劳吃苦，是位"嘴有一张，手有一双"的不饶人的主儿。要是哪个小伙子娶到她，不发家致富那才怪！听他这么一说，谭登会心头乐滋滋的。可是想请杨大伯去做媒的事，在害羞中总是没能开口说出来。

杨大伯问他为什么问这个，在谭登会满脸通红的不语中，大伯就笑着指向他说："你娃一定是看上人家了吧！是不是想请我去做大媒呀？"

谭登会羞涩点头后，杨大伯哈哈大笑起来，接着就打趣说："这狗日的爱情硬不是东西，让一个小子变得这么羞答答的！"

杨大伯背起手走出几步，回头对谭登会说："这媒老子做成后，谢礼必须给我双倍的，你娃得给老子记住！"

俗话说，"一人有福带进满屋"。自与吴周琼结婚后，谭登会就甩掉了农用车，同妻子一道，出门揽工程做起了小包工头。妻子的眼光和见识真是高过他一筹，他要是一直还开农用车，也许好多年都只会陶醉在自己的世界里，每天去挣上个一两百元。即使多开几台农用车，也敌不过当上包工头后一年的收入。谭登会感叹道，找个好老婆，简直是太重要了。

2000年夏天，难耐酷热的人们不断拥向苏马荡，那适宜的气候、旖旎的自然风光，让人流连忘返，开发纳凉的避暑房，可谓是一道难得的商机。谭登会同妻子商量后，就揣着资金上苏马荡去开发纳凉避暑房了。拿到土地后，谭登会就回村里召集上80多名劳动力，以村中带头能人的身份，让大家跟着自己一道做起发家致富的好梦来。这些年，谭登会的确富了起来。可是，"一人富不算富，共同富才算富"的理念，一直铭刻在他心中。过去因为自身力量不足，无法将心中的理念变成现实。可是现在，自己有这个能力带领大家，自己有口饭吃，就得让大家有福同享。随着项目一个个接下来，不仅吸纳了本村的劳动力，而且还吸纳了镇上其他村的劳动力。现在平均每天用工在 200 人以上，对村民的致富牵引力量，那是十分强大的。多少人因此盖起了小洋楼；多少人因为淘得了一桶金，又自起炉灶干起了其他的发家致富项目来。

2015 年，在脱贫攻坚实践中，谭登会对建档立卡贫困户的务工人员，更是用心用情用力特别关照。在他带领帮扶的 9 个贫困户中，全都在 2017 年实现脱贫，并还迈上脱贫成果巩固的致富小康轨道。

眼下，谭登会在苏马荡开起了宾馆，同时还办起了农家乐。他说，在接下去的社会主义新农村建设中，他还想回村里去干点什么项目，力争在对村里的现代观光农业和旅游康养农业的打造中，彻底改变家乡的落后面貌，以全面彰显农耕文化、乡土文化、田园风光文化的动人魅力和美好的发展前景。

# 结束军旅生涯　再迈扶贫征程

他叫杭勇，曾是一名守边多年的军人。在那 22 年的军旅生涯中，他承载了父母的殷殷牵挂，揣存了妻子的切切思念，泪别过孩子依依不舍的声声呼喊。虽然身为铁骨铮铮的军营男儿，但远离故乡和对亲情的不忍割舍，让他常在思念的情怀中泪倾如流水，双目对冰月。特别是看到父母的身子日渐佝偻，妻子额头镂刻出岁月的痕迹，他心头不仅充满愧疚，而且还像被刀剁割。当此之时，他只好用"忠孝不能两全"来自我安慰，以减轻心头的隐痛与自责。

2016 年 6 月，杭勇转业到重庆市科协工作，只想与家人团聚后，尽一份儿子的孝道，履一份丈夫的职责，献一份父亲的爱心。可是，在办公室屁股还没坐热，就受重庆市委组织部委派，于 2017 年 9 月，奔赴重庆市 18 个深度贫困乡镇之一的龙驹镇民义村当起驻村第一书记来。

刚得知这个消息，父母收起笑容，儿子嘟起小嘴，妻子在一脸木然中暗自落泪。妻子虽然没有说话，但他想得到，她心里一定在说：20 多年来，父母的冷暖你照顾过几回？一日三餐你下厨过几次？儿子长这么大，生病你照顾过几天？读书上学你送过几趟？家长会你参加过几回？心声话语你听过几句？现在一家人刚团聚，不指望你在家里做什么事，只要有你的身影，心就有依托。现在你又要抛家别子离乡背井去到数百里外的乡下，那过去夫妻分居、度日如年的感受你知道吗？

杭勇轻轻抚摸着妻子的肩头，纵有万语千言，可半字都吐不出来。擦去泪水的妻子深情地对他说："你去吧！家中有我，像你过去当兵那样，一切你就别操心了！"

听到这句话，他的泪水夺眶而出，抱住妻子，平生第一次哭得那么愧疚，哭得那么心痛，也哭得那么释怀。

去龙驹镇民义村走马上任的那天，他是在儿子那句"爸爸你早点回来"的哭喊声中踩下油门的。从反光镜中看到父母、妻子和儿子的身影，哽咽中，他再也不忍直视。可那一瞬间，在他心头定格的永恒画面，令人揪心又牵挂。

到了民义村，那里的情况与他在心头勾勒的想象，形成了巨大反差。那里没有成片成岭的金色田园，没有河流环绕的秀丽村庄，除一条唤作磨刀溪的深深沟壑外，就是两面对出的大山。在大山上，稀稀落落有人家。可是好多人家因人外出务工而空落，要不是偶有几声犬吠添出些许生机，这个民义村真的就是万籁俱寂了。

翻开民义村的基本情况介绍，在8.39平方公里的土地上，有5个村民小组，住着村民542户、1522人。其中建档立卡贫困户89户、252人。虽然前几年已脱贫77户，但巩固脱贫成果的压力不小，尚未脱贫的12户帮扶担子还不轻。通过进村入户走访，杭勇在想：来这里当驻村第一书记，是把已脱贫的成果保持住，把12户未脱贫的贫困户帮扶脱贫就去交差，还是通过一村一策因地制宜发展产业去夯实发展基础，扩大增收途径，壮大集体经济以实现可持续发展，这是摆在他面前的重要选择。但是，在这个夹皮沟里，究竟怎么去理出发展头绪？如何因地制宜去谋划产业项目？如何去把美丽乡村面貌打造出来？村两委经研究，决定在民义村的脱贫攻坚工作中，走出四步棋来。

第一步棋，筑巢引凤，落地项目。无论是多么边远的地方，哪怕是穷山恶水，只要有善于发现的眼睛，就能拓开发家致富的通途。在民义村的大山上，虽然缺乏发展集群化的产业优势，但通过调研和请来专家论证，这里可是个发展药材产业独具优势的好地方，真可谓是上天关上了其他发展的门，却偏为其打开了一扇独具风景的窗。2017年年末，他与村副支书向文生一道，去吉林恒金制药股份有限公司请来董事长共商药材发展项目，在董事长明确表态建立产销一条龙的扶贫连接体系后，就在民义村5组以"公司＋村集体＋村民"的组合模式，建起了万州区中药材种植专业合作社，拟在流转千余亩土地的大山上，发展金银花、蒲公英、桔梗和重楼。但在项目启动之初，因前些年村里发展油桐项目在土地流转后，不仅项目没发展起来，老板还逃之夭夭使村民半分流转费都没得到，村民怕再次上当，故而产生抵触情绪，说宁可守着贫穷也不愿去再受骗。这个没想到的情况，可把他难住了。为此，他带领村干部家家做工作，户户做沟通，在让合作社先期向村民支付流转费，让他们感到利益不会受损后，大家才把心放下来做出积极配合。目前，金银花已种植近500亩，按标准化种植要求，每亩种植金银花 120 株，每株能产金银花 2 公斤。按市价 150—180 元一公斤算，240 公斤就可实现销售收入 36000—43200 元。除去各项成本 25000 元后，净利润就可达 11000—18200 元。除金银花外，现在还带动村民种植茶叶 200 亩、花椒 90 亩、蜡梅 75 亩、小米 50 亩，大显产业兴旺发展之气象。

第二步棋，依托能人，带领致富。在民义村外出务工的 500 多人中，涌现出了不少能人，有承揽项目当上老板的，有凭借头脑瞄准商机淘到一桶金的，有凭吃苦耐劳当上白领高管的。2018 年春节前，他就策划把回乡过年的创业能人齐聚一堂，共同商讨为家乡发展献一策和出一份力的活动。在齐聚一堂时，他首先向大家介绍了党和政府对农村发展的优厚政策，并对未来旅游观光农业、生态康养农业、田园风光农业进行了前景展望。要大家瞄准这个机会，为家乡的建设出力，为家乡的美丽添彩。在活跃的气氛中，大家各抒己见，畅所欲言为家乡发展献计献策。当即就有老板拍板明确结对帮扶困户，也有能人决定回到家乡来办企业带领大家共同致富。目前，全村建档立卡贫困户除有扶贫干部帮扶外，也都有能人帮扶。同时也有人回到村里办起了企业。如林振禄就回乡办起了木材加工厂，为美尔森、东风小康、福特等大中型企业提供产品包装服务，年实现净利润近 50 万元，并在村里较好地发挥了致富奔小康的带动作用。

第三步棋，创新党建，激发动力。通过走访村社，他发现村干部不乏艰苦努力的工作，为什么有的工作就不能发挥出效果？更让人揪心的是，有的人吃上低保不感恩，得到帮扶不奋进，不比先进比落后，端起饭碗还骂娘。鉴于这种情况，他带领村两委干部，依托农民讲习所认真开展讲习活动，把党和政府的各项"三农"政策及贴心关爱，入心入脑传导到人民群众的心坎上。现如今，贫困有人扶，病痛有人管，发展有蓝图，奋斗有目标。在此基础上，他还联系开展送科技、送教育和送卫生下乡活动，由专家手把手教群众种养技术 30 多场次；送康养知识读物 100 多册，为村民送健康义诊 20 多场次。在这些活动中，他积极做好正向牵引，唤起了人民群众的感恩之心，在讴歌党的伟大的激情中，村民的等靠要思想不断消除，内生动力不断增强，打造美丽乡村的愿望，在大家的实际行动中，轮廓越来越分明，色彩越来越厚重。

第四步棋，急民之所急，痛民之所痛。在农村，有的家庭因病始终不能摆脱困境，除政府对生活保障兜底外，对他们的日常关爱也不可或缺，他们的解困之道和燃眉需求还不可忽视。如那些低保户和特困户，是在脱贫攻坚工作中不得不挂在心上的一个群体。对村里的 7 户 7 名特困人员和 51 户 80 名低保人员，他都要按月上门进行探访，了解他们的需求，听取他们的心声，转变他们的观念。特别是对个别特殊人员，他还自掏腰包为其解决燃眉之急。为特困户郎洪金出资 500 元帮其修缮住房；为特困户残疾人郎勋礼花去 3000 元买来电动轮椅，便利其外出。同时，他还主动为两名贫困大学生办理助学贷款，为其联系暑期到重庆科技馆实习科普讲解员，不但提供了工作实习机会，还为学生增加了 4400 元的收入。除此之外，他还在市科协的大力支持下，协调资金 120 万元修建村便民服务中心，申请资金 90 万元建成龙驹中学共享科技馆，申请资金 30 万元修建起乡村科普馆，申请资金 10 万元修建起一座连心便民桥。

一些久未回乡的村民惊奇地感慨，看到村里面貌的改变，简直不敢相信自己的眼睛。听他们这么一说，他便感到这个驻村第一书记没白干。他只想对父母说，儿子不辱使命，没辜负期盼；只想对妻子说，你的付出没有白费，军功章有你的一半；只想对儿子说，为了大地的丰收，为了村民的富裕，虽然少了对你的陪伴，但在扶贫路上，却换来了更多人的笑容，如春花般绽开，似彩霞般绚烂。

# 不信东风唤不回

用梁健的话说，他父亲梁国富当年要不是像中了邪似的跑回到这座山里来，而是一如既往地把餐馆和诊所开下去，现在至少也是个千万富翁。

梁国富在一旁吸着香烟，用深邃的目光望着远方，沧桑的面容镂满坚毅，亦如当年他决然要回大山里来种草种树和发展产业一样。可是，几十年光景过去了，梁国富头上虽然有了全国劳动模范的光环，但他在乡土上的追梦还在持续，哪怕年过花甲，他仍在茶马古道边的双鹰寨上，以农旅结合的模式办起乡土农家乐，想让到潭獐峡和云阳龙缸旅游的过客留步，迎苏马荡的候鸟入巢，纳四面八方的宾朋来此度夏。

2019年5月6日，梁国富请来万州区8名全国劳模和37名省部级劳模对农旅项目进行考察，并以"发扬劳模精神，助推脱贫攻坚"为主题，与村民签订了农产品消费协议，同梧桐村鲁渝联手扶贫的芦花鸡项目签订了认购合同，还对消暑度夏的农家乐房间进行了预订。此外，劳模们还决定充分发挥他们的喉舌作用，大力宣传健康味美的绿色食品、景色秀丽的自然风光，以拉动消费和旅游扶贫，让村民得到最大的实惠，获得更高的经济收入。

村民们说，梁国富哪怕是年过花甲了，他那颗带领大家致富的心，也永远都还年轻。

是的，梁国富带领村民致富的那颗年轻的心，在当年是引起不少争议的。那是在1990年，他同爱人在龙驹镇上开着一家餐馆和一间诊所，在镇上可谓是排得上号的大户。正当生意红火的时候，不知是哪根神经起了作用，梁国富不顾妻子反对、亲朋好友劝说，孤注一掷处理掉餐馆和诊所后，揣着资金，背起铺盖卷回到梧桐村3组这座海拔1000多米的高山上，干起了栽树种草保持水土的事情来。

刚回到山上的那两年，山上没有电，一盏油灯就成了他长夜里的好伙伴。1997年，因三峡工程的建设需要，国家对三峡库区水土保持工作进入重要的实施阶段，在政策的支持下，梁国富才长舒一口气。自己所干的这件事，也才慢慢被人理解和接受。并且现在整座山上林木葱茏，鸟鸣蝉唱，都与他的多年的付出有关。这就是他人生的得意之作，其生态价值、休闲观光价值，可不是用一个"钱"字去衡量的，就是上千万上亿元也换不来这里的绿水青山。这就是金山银山，当值多少钱是可想而知的。因为梁国富做出了突出贡献，2000年，他被评为全国劳动模范，到北京领奖，还受到了中央领导的接见。梁国富说，他虽然有全国劳动模范的光环，但心头一直有个痛点。那是因为过去交通不便，发展起来的产业项目因运输成本高而获利微薄，最终让其产业转移到318国道边的齐岳山上，成了那里的一个了不起的可持续发展增收项目。

1998年，梁国富担任起梧桐村的支部书记后，就思考如何在村里发展种植项目以带动乡亲们致富。他深刻意识到，要改变梧桐村的贫困面貌，必须发展产业项目，提升土地的附加值，这才是增收致富的根本出路。经过反复思考，他筛选出广受城里人青睐的优质白萝卜和包包菜，于是就决定大干一场。在当时还没有土地流转这种做法的时候，他就把村民的土地集中起来，按面积进行种植收获后的利润分红。这种创新，在当时既前卫又冒险。产业发展异常顺利，可是在收获季节，把白萝卜和包包菜从海拔 1000 多米的高山上运到山脚下，全凭人工背挑，一季收获下来，除去高额的运输成本，就没有多少利润了，散伙之声因此不绝于耳。为不让发展起来的项目夭折，他忙去找来一位蔬菜行业老板，欲让他进行投资合作，以扩展销售渠道，把优质的白萝卜和包包菜拉出龙驹镇销往四面八方，以扩大获利空间。可是那老板来考察后，大生灵感，决定把自己菜贩子的身份变身为产销一条龙的实体企业家。经最终拍板，那老板没把生产种植企业落地在梧桐村，而是建在与之直线距离不过 10 里，且交通便利的 318 国道线的齐岳山上。如今那老板在齐岳山上种出的白萝卜和包包菜，已成品牌享誉四方。

现在，村里的交通便捷了，公路组组通，人行道家家连。于 2007 年卸职村支书的梁国富想把那没圆的产业发展梦继续做下去，他打算把乡村旅游康养农家乐办好后，再积累资金和流转土地，把白萝卜和包包菜项目进一步发展起来。随着人们消费理念的转变和对品质需求的提升，绿色环保的农副产品在网络便捷和物流配送发达的条件下，一定能成为山外人们的抢手货。通过项目带动，让这里的传统优质农产品——不止于白萝卜和包包菜，还包括家禽家畜等——给家家户户带来源源不断的产业收入。这不光是为了消除贫困，也是为了让美丽的乡村全面奔向小康。

万壑松风响起，远山宏涛翻涌，烟霞轻漫妍梦，在这样一个风光旖旎的地方，梁国富怎么都不相信，凭他的满腔热情，在万事俱备的今天，东风会唤不回！

# 穿针引线绣出幸福生活

看到石思荣刺绣而成的披肩、抱枕和睡衣等精致作品，我依稀觉得，再过些时日，保不准她就会绣出大师级的作品。重庆市万州区三峡绣手工艺品有限公司的经理冉洋灵认为，这个完全是可能的。

2018年10月，石思荣从花坪村的微信群中看到，重庆市万州区三峡绣手工艺品有限公司启动教育扶贫项目，将在万州区举办三峡绣培训的通知。正在绣制花袜底的石思荣自认为绣技很是不错，心想那里未必能教出比自己更好的手艺。抱着凑热闹去看看的心态，她就同镇上几个女性朋友一道去参加了培训。

到了培训中心，她简直目瞪口呆了。老师展示的刺绣作品，古朴典雅，温馨浪漫，针法独特，惟妙惟肖。她还得知三峡绣系中国四大名绣之一蜀绣的一个分支，她便被震撼了，与这个万州区区级非物质文化遗产保护项目相比，她绣的花袜底完全不值一提。特别是接下去老师讲授的刺绣原理和手法，以及饱含艺术底蕴的构图思想等，是她平生闻所未闻的。她曾有过的自满心态，在天外有天的惊叹中，一下就消失了，重新学好刺绣的愿望，便在诚心诚意中油然而生。经过一个月的学习，心灵手巧的石思荣进步神速，成了100多名培训学员中的佼佼者。重庆市万州区三峡绣手工艺品有限公司决定把她聘为员工。

得知这个消息，她怎么都不敢相信是真的，身为一名残疾人，这简直就像是做梦。虽然她一直怀有一颗坚强且不服输的心，但那多是在别人面前不得已表现出来的。可是在这一天，她通过自己勤奋表现出来的价值获得了别人的认可，这既让她没想到，又让她感动。

自她记事起，先天的小儿麻痹就让她的左脚影响了站立和行走的能力。上小学的时候，由于她家住在花坪村7组的高山之上，上坡下坎到10里之外的学校去读书，给她带来的不便和痛苦是可想而知的。后来由于山上生源减少，撤并后的学校路途更加遥远，上学单程一趟就要走两个小时，她无奈之下便辍学了。从此，她就在家中干起家务活，在母亲的教导下，逐渐学会了做鞋、扎花枕头和花袜底。在村里人眼中，她虽然身体有残疾，但聪明伶俐，无可挑剔。她21岁那年，来自长寿区的一位弹棉絮小伙子刘朝忠看中了她的心灵手巧和自强不息，于是就向她求婚，结为百年之好！后来，她随刘朝忠到江苏打工数年。由于打工地点常有变动，给一儿一女读书带来极大不便，2011年，石思荣不得不回到家中，以给孩子读书提供稳定的环境。从此，她就不能外出做工了，一家人只能靠刘朝忠一人外出务工来维持生计。2015年被纳入建档立卡贫困户受到帮扶后，石思荣就想通过自身努力去摘掉贫困户的帽子。尽管各级干部来家中为其进行过种养业等产业谋划，但她都因自身身体原因而没能将其变为现实。没想到在山穷水尽的时候，三峡绣培训给她带来了希望，并让她荣幸地成了重庆市万州区三峡绣手工艺品有限公司的一名员工。历经大半年的刺绣练习和制作，冉洋灵经理夸她已成长为一位非常优秀的绣娘。按绣出的作品计价，扣除五险个人缴纳的费用后，她每月尚可获得 2000 多元的工资收入。

石思荣有了固定工作后，丈夫刘朝忠也回到万州打工，并租下房子，早晚接送她上下班。通过教育扶贫，石思荣对前去看望她的第一书记田源和扶贫干部卿明敬说，她这个贫困户现在不仅摘掉了贫困帽，还憧憬过两年到镇上去买房子，搬进新家后，还要请他们两位扶贫干部去家中做客。

看到这位身残志坚的绣娘对未来生活充满向往，田源就联想到自脱贫攻坚工程开展以来，龙驹镇一直不放松对微型企业等经营主体的培育，成功创建了万州区返乡扶贫创业示范园，现已有三峡绣、倍优电子等企业达 45 家入园，建成扶贫加工车间和农产品加工车间各 4 个，新增群众就近就业岗位达 1500 多个。由此可见，在这项伟大的脱贫攻坚实践中，只要项目选得准，点子抓得正，如同这穿针引线的三峡绣，一定能为人民群众绣出锦绣斑斓的幸福生活来。

# "不进林爬，不逗刺挂"

2019年7月20日上午，龙驹镇灯台村吃西瓜比赛如同盛夏的天气，正在火热进行。村民们脸上荡起欢喜，加油声、喝彩声此起彼伏。先是分成的20个小组中，各决出一名出线人员，再通过复赛决出一名一等奖、两名二等奖、三名三等奖获奖人员，分别给予200元、100元和50元的奖励。

在决出胜负颁奖后，主持人、村专干林森说："今天的这个场面，我问过在场的一些老人，都说把他们的记忆拉回到了搞大集体的当年。不过，这种赋予了新内涵的大集体形式，是一种整合资源的创新模式，当是新型农业和现代农业发展的必然。通过村里的成果展示和赛事，在增强村民凝聚力和向心力的同时，必将进一步加快灯台村脱贫致富奔小康的步伐。"

林森还感慨道，现在的情况与2017年刚当村专干同成良富支书来到灯台村5组，被村民堵着要说法及要土地流转费和劳务工资时的情景相比，完全是不一样的两种心情和境况。为此，林森就把一段往事，滔滔不绝地讲了出来。

那是2014年，一个公司的老总来村里以600元一亩的价格，向5组流转土地80亩、6组流转土地24亩建起了72个蔬菜大棚。由于他没有进行市场行情调查，只凭主观愿望去发展白菜种植，在盛产期的时候没有销路，菜全烂在了地里。随着其资金链中断，无奈之下，那位老总带着投资损失的伤痛，来了个不辞而别。所有土地的流转费和村民的劳务工资，一分未付。村民憋着一肚子气，只要有干部来到这里，都要去围堵。林森到那里的时候，望着荒废的大棚和长出的高过人头的杂草，感到心痛的同时，又对那位项目失败的老总生出了怜悯，因为他也有过产业发展失败的痛。

2013年，万州卫校毕业的林森在镇上开了一家诊所，在获得一定积蓄后，就回村里发展起养羊项目。他盘算着，这个项目比开诊所的利润空间大。2014年6月，他就投资20万元买来160只山羊搞起了养殖项目。由于不懂养殖技术，加上防疫措施没跟上——虽然他是医生的，但医人和医兽简直是隔行如隔山——不到三个月时间，羊就死去140多只，差点全军覆灭。他几乎亏掉了老本，与那位发展蔬菜项目失败的老总相比，没有什么两样。

要是换作其他人，此时也许就不会再在养殖项目上花费心思了。但他是学医的，于是忙把学习延伸到畜牧领域，并且还上门向当地养羊能人讨教，在掌握了专业知识和养殖技能后，他便借来10多万元购进黑山羊132只，又开始了第二轮的山羊饲养。在2015年，林森主动带动28个贫困户通过养羊致富。其方法是向贫困户无偿提供山羊4到5只，同时还对医疗防疫进行密切关注，待羊出栏时，他便以20元一斤进行保底回收。如那户家人多残的贫困户彭加明，自己患先天性小儿麻痹症，其父患有精神疾病，其妻有先天性手脚残疾，儿子也遗传了母亲疾病，他们通过林森的帮扶，日子便日渐好转起来，现在还成了村里合作社的社员，并于2018年摘掉了贫困帽子。

鉴于林森有带领乡亲们发家致富的情怀和能力，2017年1月，他被村民选为村专干。在他第一次同成良富支书去5组时，没想到会被村民堵着要说法。他说，过去无论是当医生，还是养羊帮助贫困户致富，他得到的都是大家的尊重。为何一当村干部，不仅没受到尊重，反而村民还像仇人似的把自己堵住要说法？这反差为什么一下子就拉得这么大了呢？在他不明所以时，成良富支书告诉他，这就叫"不进林爬，不逗刺挂"。

望着荒废了近三年的大棚，林森想过要重新启动这个项目，但经测算，应结付的土地流转费和工资就达30多万元。虽说钱不是万能的，但没有钱是万万不能的。这笔钱又到哪儿去找呢？即使有了钱，又该发展什么项目呢？若不吸取教训，弄不好就会重蹈覆辙。心病！真是一块巨大的心病！直压在林森心头让他喘不过半口气来。

真是应验了那句"初生牛犊不怕虎"的老话，林森放开嗓子，让大家不要这么冲动，解决这个复杂的问题，得寻找一个途径，他愿意去想办法，希望大家给他时间和信任。看到这位新上任的村专干这么表态，大家就说先相信他一回。

从此，在多少个日日夜夜里，这事就挂在他的心头，让他辗转反侧难以入睡。在这片大山深处，应当发展什么项目好呢？且不说要赚多少钱，就是每年土地流转费和工人工资需要的几万元成本支出，当要多大的农副产品销售利润才能搁得平？除了因地制宜种时令蔬菜，难道还能种得出黄金？林森为当初的快口表态后悔起来，弄不好就是给村民开出了一张空头支票，要不了多久，大家就会对他失去信心。但好梦一直在他心头揣着，他因而一直在不懈追寻着产业发展的方法。

2018年3月，林森随龙驹镇张凤政书记率领的农村产业项目考察团到山东进行学习考察，在参观了当地以市场为导向的产业化、规模化发展的食用菌和蔬菜项目后，他一下开了窍。在产业项目发展的信心增强后，林森便理出头绪，决定变废为宝，把废弃大棚的作用充分发挥出来。

回到村里，他就劈出三板斧，一周时间就把合作社成立了。他的三板斧就是项目、人才和资金。一是在项目选择上，不搞盲人骑瞎马，要切实尊重市场，市场需要什么就生产什么，不能蒙着头干生产什么就卖什么的傻事。他把主打项目放在大棚食用菌的生产上，然后按市场订单，灵活生产绿色环保且价格有保障的品种，以确保农副产品生产出来销得出去，并还能取得较好的经济效益。二是打造人才团队，实施精英战略。许多项目发展失败，都与人才匮乏有关，所以他必须解决这一问题。他上门去请从事了10多年蘑菇种植的谭植松加入合作社，聘请他为技术主管，因为技术是项目发展成功与否的关键。接着，他又上门去找到一直从事农副产品销售的张孝洲做销售主管，利用已有的销售渠道和人脉资源，让这里的农副产品不仅销售得出去，而且还能主动把优质品牌推介出去，从而形成自己的稳定销售市场。同时，他又请到村里的老会计做合作社法人代表，因为在项目运作中，不懂财务和核算，不懂经营管理，是生产发展中的一块短板。三是组织资金。他让村干部和聘请的销售人员共7人作为合作社的主体成员，每人出资入股5万元，把启动资金筹集起来。

万事俱备，东风劲吹。由他总负责的以"党支部＋合作社＋村民和贫困户"的智富森华农业专业合作社成立了。自2018年9月以来，合作社与美荣供货、家家乐超市等市场平台建立起稳定的供销关系，每天都可把食用菌和蔬菜送到平台上。此外，还与龙驹和赶场两所中学签订每周供货协议，确保莘莘学子吃上绿色放心菜。其他渠道订货已是供不应求。2019年半年结算，合作社已实现产值近百万元，利润达20多万元。

接下来，林森打算把蘑菇产量发展到20至30万袋，力争产量翻一番。同时还把西瓜、海椒等瓜果蔬菜品牌和规模做好做大，实现线上线下都能向消费者提供满意的绿色果蔬产品。把这个农业产业项目做强做优，不仅让村民取得好收益，也让全村125个贫困户、390个贫困人员一户、一人不落地全面脱贫致富奔小康；同时，也为社会主义新农村建设开拓出更加宽敞明亮的通途。

「不进林爬，不逗刺挂」

# 山里的奇迹　传颂的佳话

在龙驹镇花坪村 7 组高山上的一个叫阳华坪的小地方，有个曾经住着 20 户人家的村民小组，现在，除去了有 6 户人家因为割舍不断的乡愁留守在这里外，其余 14 户全都搬去了山外。这些人家搬出大山，不是因为穷得走投无路，而是依靠重视教育，将孩子培养成才后，孩子为感谢父母的养育之恩，就把一生劳累辛苦的父母接到山外去享受天伦之乐了。组长邵清槐说，他当初回到组里要大家重视教育，完全是想通过教育改变家乡的贫困面貌，做梦都没有想到会产生今天这样的效果：在花坪村 7 组的 20 户人家里，就有 26 个孩子考上大学本科，8 个孩子考上专科。

这邵清槐是何许人也？在大山里有这等长远眼光的人，一定不是等闲之辈，我于是就向他打听起根底来。

"我是 1979 年高中毕业的。"话刚说完，他就哽咽了，平静了一会儿后，才接着说，"当时我只差 18 分就考上大学了，要是家庭条件好，再复读一年，或许就能考上了。或许今天的自己，就不是长在村里的一棵小草，而是在祖国急需人才的当年，成为顶天立地的栋梁之材了。"

邵清槐这话说得在理。可是我在想，他虽然没考上大学，但他在回到村里后发挥的重要作用，也同样巨大，也同样该受到人们尊敬。

那是1979年9月，拿到高考分数通知后，上不了大学的邵清槐在回家的半山腰，可是好好地大哭了一场。他本想回家跟父母说明再复读一年，但是想到父母抚养7个子女的不易，就再也不想让父母脸上添愁容了。虽然两个姐姐已出嫁，但大家的家境都不好，对娘家也给不了什么帮助。大哥虽然在镇上当了个农技员，但因工资低，他把自己养活就算给父母减轻压力了。自己那时就算长大了，后面还跟着3个弟弟，如果自己不回家帮父母，体能日渐衰减的父母，一定会被家中担子压得喘不过气来。"养儿防老，积谷防饥。"他高中毕业了，没考上大学，当是回家帮助父母扛起家中担子的时候了。

回到家里，邵清槐没向父母提及再复读去考个大学的事，而是默默地扛起锄头跟随父母下地，当起了一个地地道道的农民。回到组里不久，这位有文化的娃子，就被村里推选为团支部书记。就当时来说，能当上村干部，那可是非常有脸面的事，也是自家世世代代出的第一个能人。父母认为，付出的所有辛劳都值得。

他的确是个能人，由于工作出色，群众基础好，被镇里看中，就让他到龙驹镇森林管理所当起了林业管理员，一干就是7个年头。

1998年，父母的身体每况愈下，抚养3个弟弟真的吃力了。加上自己也有了两个女儿，家中必须要有一个劳动力去支撑。经过反复思考，邵清槐一咬牙就辞职回到农村，再次当起了农民。不久，他就被村民推选为组长。

当上组长后，邵清槐通过认真思考，认为在这海拔1000多米的大山上，如果让村民像祖祖辈辈那样在这里接近原始状态地劳作，永远都不可能富起来。要改变家乡的落后贫困面貌，只有发展教育。恰在此时，有一户人家的两位老人相继去世，两个没读过书的儿子在外打工出苦力，不仅没混出名堂，而且连安葬父母的能力都没有，当然也都没有找到老婆，当时还寡居生活着。要不是邵清槐承办安葬，两位老人还真难做到入土为安。借着此事，邵清槐就鼓励家家户户真正重视子女教育。在这个阳华坪，他把"要致富，先修路"的口号改成了"要致富，先读书"。谁不把孩子送去上学，他就上门把谁数落一顿。为树典型，他常到邵清美家关注其子邵清的学习情况，并鼓励他一定好好学习，希望他成为组里第一个大学生，以给各家各户树立起一个标杆和榜样！

功夫不负有心人，2002年，邵清以优异的成绩考入成都的华西大学，成为组里有史以来的第一个"秀才"，在大山中引起极大震动和反响。借此机会，邵清槐在组里大声疾呼，要求家家户户尽全力让孩子读书。同时让那些认为只有城里孩子才考得上大学的人家，认识到只要送孩子读书，上大学就不是梦。从此以后，组里重视教育蔚然成风，就像每年春天重视耕种一样，半会儿都不敢疏忽与耽搁。有了邵清做榜样，孩子们都循着他的足迹，希望有朝一日也能昂首挺胸地走出大山，迈进大学校门。

2007年，邵清槐的大女儿邵霞飞考上了福建中医大学，成为村里的第二位大学生。历经 5 年苦读，她于 2012 考上研究生，2015 年毕业后，就到云阳县人民医院当起了神经内科的主治医师。二女儿由于也想学医，便考上三峡医专，读了护士专业。除自己的两个女儿外，由他从小学三年级带大的四弟的儿子邵鹏飞也于 2016 年考上四川美术学院，于今年毕业，现正处在考研或就业的选择中。

自 2015 年以来，组里就有不少人家因投靠子女陆续搬出了大山，去重庆主城的有 6 户，去万州区的有 5 户，去龙驹镇上的有 3 户。留守在村里的 6 户均为老人，其中年龄最大的是邵清槐 86 岁的母亲陈天珍，最小的当数他这个 1962 年 7 月出生的村民小组长。

邵清槐说，他怎么都没想到，自己这个组因重视教育，就与习近平总书记提出的脱贫攻坚工程"五个一批"中的"发展教育脱贫一批"合拍了，还成为一个重视发展教育的鲜活案例，让贫困山村以另一种方式，用自身激发的内生动力，走出一条摆脱贫困的有效通途。

面对这个毫不起眼的阳华坪，我就在想，过些年大家都搬出大山后，这里的老院子，也许就会淹没在乡愁斑驳的记忆里。多年以后，鸟儿或许不知道，这里曾有人祖祖辈辈生息过，有奋斗的足迹由这里向山外走去。更还有一位叫邵清槐的人，在这里以其先见之明转变了村民的意识，给莘莘学子描绘出一幅幅绚丽多彩的人生画卷，成为一个传奇，颂为一段佳话。

# 不忘初心　继往开来

　　这是创新党建形式的有效尝试，这是培养鱼水情的上善之举。自 2017 年 8 月以来，重庆三峡学院积极开展高校党组织与贫困村开展"手拉手"结对共建活动，形成"高校专业教师三下乡集中进村 + 大学生下派常态化挂职"的模式，探索出了一条联通扶贫和党建的有效通途。

　　2019 年 7 月 10 日，三峡学院把 4 名本科毕业且将就读研究生的大学生党员下派到龙驹镇 4 个贫困村挂职。学院在送去人才的同时，还为村里送去了知识，让大学生在与老百姓的接触中，心灵受到了深深的震撼，并对共产党员这个称呼有了全新的认识，让他们理解"不忘初心、牢记使命"不是一句口号，而是真正担在共产党员肩上的神圣使命。

　　到太吉村挂职担任支部副书记的学生党员黄强，每天傍晚都会到村便民服务中心旁的集中安置点为特困老人送去问候和关爱。老人们因此便知道这是一位派到村里挂职的支部副书记，还把他住在村里自己煮饭的事记在心头。一天傍晚，73 岁的特困户老人郎守国用塑料袋提着青菜去村服务中心黄强的住处，然后把左手把在门边问："黄支书，你在煮饭？"

看见老人到来，黄强十分热情地搬过凳子让老人坐下，说："老爷子是稀客，没想到能来我这里坐坐。"

　　老人举着塑料袋对黄强说："我知道你在煮饭，并且还没有买菜，我弄点自己种的青菜给你送来，希望你不要嫌脏！"

　　"您说哪里话！"黄强接过青菜说，"这菜这么好，是您用心血种出来的，是从厚重乡土生长出来的，哪能还说嫌脏呢？"

　　说完这段话，黄强心头酸酸的。老人或许感到自己是特困户，唯恐他人看不起，在面对从城里来的大学生时，怕他对自己产生嫌弃，故而说菜是脏的。多么憨厚纯朴的老人啊！黄强握住老人的手说："您的菜我收下，但我得折价给您钱。"

　　老人说："说给钱就见外了。你一个人来我们村里当支部副书记，人生地不熟的，我给你送点菜，只是表达一点我这个孤寡老人的心意。"

　　"这真的要给钱！"黄强执意说。

　　"你如果要给钱，就是害怕我把菜玷污你，我就把菜提回去。"老人起身提起塑料袋向外走出几步后，猛然停下回头说，"黄支书！我给你送菜来没别的意思，只是想感恩而已。"

　　老人擦了一下泪眼说："我这个住在山上的人，年轻时没有姑娘看得起，再加上贫穷，一直就讨不上媳妇。可是没几个春夏秋冬，人一下就老了、病了。要不是党的政策好，让我评上低保户，按月发放低保金，我哪还能活得到今天？前年，村里干部把我接下山，安置在这个做梦都没想到的好房子里，并且每天还问寒问暖的，简直比亲人还亲，让我一直感动着。你是共产党员，现在又是我们村的支部副书记，一个人来到这里，多有不方便之处，我给你拿点自己种的菜，就像你们干部关怀我一样，我也用力所能及的方式来关怀一下你，也就是想用这种方式来感谢一下党和干部。"

在老人把话说完转身时，热泪盈眶的黄强忙伸手过去，把老人手中的菜接了过去，并哽咽着说："谢谢您对我们党怀揣的这颗感恩的心！谢谢您对我们干部怀的这份信任！"

黄强深深感到，这老人哪里是来送菜，分明是来给他上了生动的一课！这一课是在校园里感受不到的，这一课让他深深明白了什么叫不忘初心。在过去的理论学习中，总是不接地气，像云在空中飘浮着。今天他才终于明白，不忘初心就是心里装着老百姓，实实在在地为百姓谋利益、为民族谋复兴、为国家谋富强。于是，他把对不忘初心的理解写在了日记里，其中的一段是："啊！看到那么信任的眼神，我为自己的身份感到骄傲，明白了为什么我们的初心是为中国人民谋幸福、为中华民族谋复兴。当你被人民群众那么支持与信任的时候，你有什么理由不去为他们谋幸福，不去为整个中华民族谋复兴呢？那一份信任是担子，更是激励我们每一位共产党人奋斗的不竭动力。"

这真是激励每一位共产党人奋斗的不竭动力啊！到分水村任支部副书记的江雪，第一次去看望77岁的老党员向枚芝时，老党员就泪流满面地对她说："我这个党员老了，不能做事了。今天你来看望我，我心里真是有说不出的高兴。但是，我希望你把精力多倾注在分水村的老百姓身上，多为他们谋

194

利益，实心实意为 2020 年实现一个都不落下的整体脱贫尽全力，到时候老百姓就会感谢我们党的恩，记住我们共产党人的好！"

心灵受到震撼的江雪说，自从来到分水村担任支部副书记，她受到了一次脱胎换骨的洗礼。同时，还更加明白了实现中华民族伟大复兴中国梦的深刻内涵，激励着自己不忘初心，继往开来。

# 情浇乡土惠"三农"

上弦月挂在天边，太阳还没出来，满壑云海静如柔棉。一夜没合眼的周伟，不知道是第几次来到这个岭上村2组，巡看重庆铉阔农业科技有限公司投资建设的红肉猕猴桃仿生栽培科技示范基地的情况。

这个被树为智慧科技农业示范标杆的项目，一定要像在龙驹镇发展的其他138个产业项目那样，干得出、立得稳、见实效、未来增收可持续。由于这个项目投资大，科技含量高，对气候和水土条件要求苛刻，若有闪失，他觉得是无法向党委、政府、引进企业和村民做出交代的。当看到项目在按计划有序推进时，七上八下的心才稳当下来。他的理想是，要用科技的力量，让龙驹镇发展起来的所有扶贫项目都取得成功，并成为全镇人民稳步脱贫实现小康生活的有效支撑和宽广通途；也让自己的工作对得起组织的信任，对得起村民们的嘱托。

2018年5月，周伟由万州区农委果树站下派到龙驹镇挂职担任党委委员。根据分工，他全权负责全镇的扶贫产业招商引资、产业规划、项目实施、监督管理和技术指导等工作。这个走向前台直接冲锋陷阵的新角色，与在果树站副站长位置上的指导协调论证的角色相比，完全是两种工作状态，压力也是迥然不同。什么叫火星落脚背的辗转反侧睡不着，在他赴任履职后，当真是体会到了。过去虽然也常常工作在"三农"第一线，但那都是以当参谋和提建议的角色出现在乡村田间地头的，人们把他当请来的一尊大神一般尊重。可是现在就不同了，任何的尊重都不是取决于头上的光环，而是取决于实实在在为人民群众做好事、做大事、做成事的具体业绩，还有把自己掌握的"三农"的实用科技和管理智慧在脱贫致富的伟大实践中发挥出的作用。

到龙驹镇履职没几天，镇党委书记张凤政带他到岭上村考察项目时说过的一番话，就让他感触颇深。张凤政说："龙驹镇这个地方，山高坡陡土薄地少，作为全市18个深度贫困镇之一，若不发展产业项目，不在现代农业科技上做文章，那是没有出路的，脱贫攻坚的路也是走不远的。"

他同时还说，周伟是农委派来的农业专家，希望他结合全镇的土壤、气候等情况，科学定位、科学谋划、科学实施，让符合"一镇一品牌，一村一特色"的产业有效科学地发展起来。坚决杜绝在产业发展过程中干"猴子掰苞谷"和搞"大跃进"式的做法。如果是那样，干劲越大，损失也越大，老百姓对党委、政府的信任度、满意度就会降低。

望着岭上村千余亩成片土地，周伟就在盘算如何才能把项目发展好，让选择的项目可持续地、健康地发展。这的确是考验他这位农艺专家的难题。在龙驹镇党委、政府和扶贫驻镇工作队的助力下，他有信心在这块土地上为传统农业插上腾飞的翅膀，把高科技示范农业发展起来。他通过调查论证，把能发展的项目列成表册，做出方案，多次到万州和重庆去招商引企。在与企业的洽谈中，一些企业认为这里位置偏远，投资成本高，获利空间小，于是提出很多苛刻条件，在明确不能得到满足后，往往会不欢而散，吃闭门羹的事更是不少见，但为了产业发展和人民富裕，面对再大的委屈他也能受，再苦再难他也要坚强。

俗话说："精诚所至，金石为开。"通过重庆市科教扶贫集团和党委、政府的助力，在他毫不气馁的努力下，终于引进重庆铉阔农业科技有限公司、重庆麦地岭农业有限公司、重庆岗上红农业发展有限公司等8家农业开发企业，共流转土地1800亩，用"土地流转费＋股权化改革分红＋务工收入"的利益连接机制，采取"公司＋合作社＋贫困户（农户）"的模式，以高科技引领发展起岭上村红肉猕猴桃、葛根、柠檬、中药材和生态桃李等5个产业项目，进一步提升全镇各村发展产业带动人民群众致富的能力。有的驻村第一书记就来向他这位农艺专家讨教，并请他为村里产业发展出谋划策。

面对全镇21个村，一个人的力量毕竟是有限的，于是他就同三峡学院驻镇工作队一道，整合市区63名科技特派员，一起对全镇138个产业项目提供"一对一保姆式"常态化科技服务，确保了产业项目选得准、能落地、有带动、效果好、可持续增收发展。如分水村的李子产业园，在项目选定时，就率农艺专家多次深入实地进行论证筛选。在2019年脱贫攻坚半年工作总结会上，16名第一书记展示了各自村里的产业发展成果，全镇所有村实现了产业零突破，尤其是芦花鸡、百香果和中药材产业，已成为龙驹镇可持续发展的主导产业，更通过产业带动实现了村集体增收，解决了村集体经济空心化问题。在市科技局扶贫集团的科技力量支撑下，以仿生猕猴桃为代表的龙驹镇脱贫攻坚产业将插上科技的翅膀，实现经济效益持续增长，为乡村振兴打下坚实基础，让农业和科技不断融合升级，让龙驹镇呈现一幅绚丽缤纷的画卷，美化乡土，装点河山。

# 院长烧出三把火

2019年8月19日，是赶场社区的赶场日。重庆三峡中心医院龙驹分院的10多名医生如约来到社区，为社区居民宣传卫生知识并进行义诊。在这个恰逢第二个中国医师节的日子里，该院医生团队已是第37次送健康下乡扶贫了。在村民的赞许声中，人们无不对2019年3月7日由重庆三峡中心医院全面托管挂牌的龙驹分院刮目相看。

为肩负起健康扶贫使命，在重庆市18个深度贫困镇之一的龙驹镇认真落实"两不愁三保障"中的基本医疗保障要求，重庆三峡中心医院便以建立分院的方式，托管了龙驹镇中心卫生院，并把专家型人才崔吉文下派来当这所分院的执行院长。

刚一上任，崔院长就不等不靠，用规范的科学管理，理顺了医院服务流程，并针对当地农村人口结构状况，谋划对策，把健康扶贫的温暖送到了人民群众的心坎上。

在刚接手医院时，用崔院长的话说，要把一个乡镇医院提升为具有现代化管理水平的医院，同时还要把健康扶贫工作落到实处，可没有那么简单，不是宣布一下、揭幕挂牌就可以实现的。这个过程中有很多头绪要理，有很多工作要做，有很多基础要打。鉴于此，他不得不把三把火烧出来。

第一把火：以二级医院建设标准为指导进行管理与建设。一是着力改善医院内部管理。虽然这是所乡村医院，但要按照现代化的管理要求，所有管理流程都必须向规范化、标准化、优质化方向有效推进。他同下派来的专业管理人才、华东科技大学医院管理专业毕业的周余一道，有针对性地对医院管理进行把脉会诊，很快就提出了新的管理理念，规范了医疗流程，组建完善了诊疗科目。特别是针对农村人口结构状况，专门建立了妇产科和儿科。妇女生育和儿童诊病再也不需动不动就到大城市去，在本地就能享受到专家服务，这样仅交通费一项就可为村民节约500多元，仅2019年上半年就诊治100余人，为村民节省交通费用5万余元。二是大力推进医疗设备更新换代，新引进的麻醉机、胃肠机和血气分析仪等，现均已投入使用。三是创立起远程会诊中心，必要时为老百姓疑难重症进行结果同质互认的远程会诊，用现代科技缩短诊断的空间距离，让老百姓在家门口就能得到高水平专家对病情的准确判别和透彻把握，从而大大减少患者外出就诊的人力、物力耗费。

第二把火：扶贫摸底建档，固化网络监督。为全面履责健康扶贫工作，一是做好对全镇人民和贫困户的健康管理，采用"总院＋分院＋村医"和利用"三师下乡"，重点突击和每月随访等"3+N"模式，两个月时间就建立起健康档案30524份，建档率达到92%。对儿童、孕妇、老年人和特慢性病患者的建档，更是做到了贴心精细。与此同时，还把食源性疾病、饮水卫生、优生优育、传染病防治等健康知识，及时宣传到乡村的每个角落。对学校卫生、非法行医和非法采供血进行协管巡查100多次，不断净化农村的医疗环境，让人民群众享受到了公共卫生服务提升带来的身心健康与愉悦。二是在此基础上形成上下联动、纵横常态化监督管控网络机制，把疾病防控、重点关注对象管控、日常服务监控、定时定期随访等工作落到实处，让编织的健康扶贫网络在助力脱贫攻坚工作中发挥出巨大作用。

第三把火：组建团队下沉，做好公共服务。在农村，由于大多数村民健康意识淡薄，在疾病预防方面不够重视，甚至出现病情也一拖再拖，往往是在病入膏肓后才出山就诊，这给病人和家庭带来的痛苦是沉重的。崔院长认为，行医不应只是等人上门，必须转变服务观念，将送健康下乡入户成为基层医疗机构的工作常态，将做好疾病预防作为直接扛在肩上的职责。于是，医院成立起龙驹分院公共卫生和家庭医生两个团队。公共卫生团队由院里21名专职医生和40名乡村医生组成，每月巡回深入乡村集中进行医疗知识卫生宣讲，免费为村民开展义诊，并对高血压和糖尿病等患者进行红外线信息化换药和服药管理。截至2019年7月底，公共卫生团队出诊37次，跑遍全镇21个村子和社区，为9298人（其中儿童1268人）提供了免费体检，接种疫苗7713针次；讲座卫生知识12堂，受训1445人；发现重大疾病70例（其中传染性疾病18例）。组建起21个小组84人的家庭医生团队，在落实片区的基础上，对服务的贫困户及其他患病人员，全面实行签约服务。到目前为止，除实现贫困户签约全覆盖外，还签约其他病患者达9000多人。

家庭医生冯均，平时工作时间既要坐诊，又要上临床，难于抽身，只得利用休息时间到签约的灯台村贫困户和病患者家中去提供上门服务。由于服务贴身贴心，其工作深受村民的好评。患有高血压和糖尿病的贫困户唐达兰感动地说："我人长六十几岁，第一回见到医生每月按时上门两次来为我这个病壳壳看病换药。这些医生真是比亲人还好！他们一点不像医生，真的就是亲人了哩！"

群众的赞扬声，不时传入崔院长的耳中。崔院长没有沾沾自喜，而是说脚下的路还很长，医疗水平提升迫在眉睫，在把当前的基础工作，特别是扶贫基础工作抓实后，还要在大力完善医院服务功能和服务水平上做文章。眼下应抓紧对已完成选址和其他手续的万州区第十二特困人员供养服务设施项目进行建设，努力把重庆三峡中心医院龙驹分院建设成现代医疗科技水平高、防控疾病能力强、服务辐射半径大、康养保健于一体的区域性一流综合性医疗中心，为提升人民群众健康生活的幸福指数保驾护航！

# 沿山打猎　见者有份

　　脸上一直绽放着笑容的唐大泉说，他小学三年级没读完就辍学了，除了贫穷，恐怕就找不出第二个理由来。从那时开始，他就总是干着与挣钱有关的事。先是在山上挖过两年药材，虽然挣的钱让家里富不起来，但多少还是能贴补一点家用。由于常在山上打转，当他看到有不少枯死的松树，砍下来做柴烧深感可惜，于是将树锯成节，背到50里外的长岭、白羊等地卖给做棺材的木工老板。通常半夜起床却仍赶不上早市，真是十分辛苦。加之当时木材运卖管得严，有好几回让木材检查站拿下，只得白忙活一场，哭着鼻子回家。多少次他都在想，没偷没抢的，只凭劳动挣钱，为什么就不让干呢？他只好学着很多人那样，拖着装有铺盖的蛇皮口袋南下打工去了。由于没文化，他有很多精细的工作做不了，粗活重活干得腰酸背痛，也没挣到几个钱。他感觉再也混不下去了，只好又回到家乡，在万州城里当起了"扁担"，在大街小巷中穿行着，混到了20多岁，直到结婚，才停下流浪的脚步回到家里。

　　留守在村里的唐大泉，自己感觉好像成了另类，一天天的，不知道何时是个出头之日。一天，他与老婆拌嘴，老婆看到他一副憨痴的样子，就骂他像个呆木头（在本地方言中有

"棺材"的意思)。这句话一下就激活了他的灵感。因过去向棺材老板卖过木料，老板手中拿着大把钞票的样子，突然就浮现在了他的眼前。现在村里外出打工的人一多，对山林的毁坏也减轻了，不少杂木便长成合抱参天的大树。这些做不了栋梁的杂木，何不把它们利用起来呢？有了人生阅历的他，赶忙向过去认识的棺材老板讨教。然后向亲戚借来 1000 元本钱，就办起了棺材加工作坊，迈出了自主创业的第一步。一路小打小敲，也就慢慢有了些积蓄，他又盘算着再去干出点别的什么像样的名堂。

2015 年，党中央提出吹响脱贫攻坚战役的号角，镇村领导和扶贫干部把他当成致富带头能人，并为他协调租来高速路混凝土搅拌站空闲的场子，扩大规模办起了木材加工厂，除做棺材外，还向外提供来料加工和其他木用器具订做服务。自建起加工厂后，用工量就增加起来，在 5 名常用人工中就有 3 个贫困户的劳动力，并按每天 100 元支付工资，当年就帮助那些贫困户摘掉了贫困帽子。

为更好地发挥致富能人的带动作用，龙驹镇政府还与他签订合同，以 55 万元的价格，把全镇林区的松线虫整治工作交给他。由于他长期在山林里打转转，对松线虫病有很深的了解，对病害防控处置既有经验，也不马虎，与龙驹镇相邻的长滩镇又找到他，以 45 万元的价格与之签订了松线虫整治合同。每年 11 月到次年 3 月，就是松线虫整治的关键时期，平均每天用工达 60 多人，其中锯手 10 人，每人每天支付工资 150 元。每位锯手带 5 到 7 人，每人每天支付工资 80 元。在这些劳动用工中，贫困户就有 11 人。

能人效应的充分发挥，很好地带领了村民致富和贫困户脱贫。2018 年 11 月，在太吉村两委和驻村扶贫工作队的帮助下，唐大泉又投资 20 多万元，向 1 组村民流转土地 300 亩建起花椒种植基地，还套种上葛根提高经济效益。自基地建起以来，每天下地劳动的工人不下 20 人，其中贫困户 5 人不分闲忙，天天就在基地里做工。整个用工按 60 元一天算，每天工资支出就达 1200 元。

2019 年 7 月 15 日上午，是唐大泉向工人发放工资的日子，转眼间，就向工人支付工资 53640 元。当贫困户张菊芳拿到 2240 元工资时，直对唐大泉竖起大拇指。自 2015 年以来，张菊芳就一直在木材加工厂上班。她说："要是没有唐大泉这位脱贫致富的带头能人带动，自己就不知道在哪里去一年挣上几万块，要想脱贫致富奔小康，就没有现在这么有信心和底气。"

一人富不算富，大家富才算富。唐大泉这位自小就盼着挣钱的人，终于挣到钱了，虽然钱还不是很多，但他说，"沿山打猎，见者有份"，即自己有份，村民也不少半分。

# 支撑有信念　扶智结硕果

　　我每次与龙驹镇太吉村 2 组的陈启云拉家常，他总是要说出"为了至爱的亲人，再苦再难也要坚强"那句颇具担当的话。那句话听起来可是那么耳熟，原来他是把刘欢《从头再来》中的一句歌词记在了心中，并作为支撑他一路走过来的坚强信念。

　　在没结婚之前，陈启云家里的一切均由父母撑着，他就在无忧无虑中，享受着父母的呵护。结婚之后，家里迎来了个内当家，日子过得更惬意。当两个女儿来到这个世上后，天伦之乐弥漫家中，他家就像所有幸福的家庭一样，时时处处充满阳光。随着孩子的长大，没想到花钱的地方就多了起来，过去只管一日三餐，油盐酱醋卖点粮食就可解决。现在就不行了，孩子穿衣要钱，看病要钱，上学要钱。父亲随着年龄增长而生了病，这个农村家庭的经济负担一下加重了，瞬间陷入了极度的困境中，此时他才认识到"人不害病当行大运"这句话的正确性。在父亲病情日益加重时，他才感到做儿子、做丈夫、做父亲的责任该是何等大。过去父亲为他撑起一片天，陈启云就没体会到身为一家之主的艰难，特别是在这面大山坡上找不到多少变钱的东西，更是难上加难。在家家无余钱可借的

207

情况下，若不想出个办法，只靠土里刨出的"三大坨"，这个家是撑不下去的。陈启云曾出去打工做过苦力，获得的收入却入不敷出，他于是就想做个什么项目从根本上解决问题。可在这两山夹一沟的山村里，这该做个什么项目呢？刚生下儿子的妻子邵安会觉得，除了养猪，真还没有什么能挣钱的项目可做。于是回到家中的陈启云就与邵安会一起养起猪来。尽管会出现市场行情波动，陈启云夫妇却从来都没想过放弃。因为一旦放弃，为父亲治病和供两个女儿上学的钱就没了来源，他们相信，只要咬紧牙关坚持住，早晚总还有盼头。2011年，大女儿考上大学，开支更大了。因病因学而致贫，是农村家庭最大的两道硬伤。表面看他家养着10多头肥猪还有些家底，但那脆弱得经不起突变的实际情况，有时真有活人要被尿憋死的感觉。不久，父亲病情加重，在倾尽全力救治无效后还是去世了，家里一下就彻底贫困了。2015年，村支书同两名干部来到他家，说是来进行扶贫帮扶的。当了解到陈启云有养猪的基础后，他们就把生猪养殖确定为对他的扶贫帮扶项目。在重新规划猪场建设后，又帮助他向银行贷款3万，外加他向亲朋好友筹借的钱，一下投入40万元，对原本简单的养猪场进行了标准化升级改造。养猪场一下达到了上百头猪的规模。想到所欠的债务，当时许多人都为他捏了一把汗，可是，在融入技术支持、进行科学饲养后，通过扶"智"产生的效益简直让他想象不到。大女儿大学毕业后，通过公招，在梁平区考上了小学教师，小女儿也考上了大学。在收入明显增加、负担一下减轻后，他家脱贫致富的希望就显现出来了。2016年，他家已基本从贫困中走了出来。为感谢党和政府的扶贫帮扶，他主动申请摘掉了贫困帽。

2019 年 8 月 22 日，我同驻村第一书记陈奔到他家探访，为防止其他地方的非洲猪瘟传入，我们没进猪圈参观。但我们在心里盘算，眼下 300 多头长势好，且一直绿色饲养的土杂猪，在因非洲猪瘟疫情等因素造成市场猪肉供应紧俏的条件下，一定会卖上个好价钱。

# 位卑未敢忘忧国

我是在新闻报道中看到方绍田故事的。慕名去他家中探访，只见他端坐在一条板凳上编着背篓，那高超的竹编手艺，让人啧啧称赞。近日来，他编织的背篓和筲箕之类的竹编用具，已成供不应求的抢手货，有的工艺包装公司还找上门来，欲请他为之大批量编织包装盒和提装篓。但67岁的年龄，加上又有心脏病和高血压，他不得不遗憾地表示，自己无法与商家达成协议干出一番大事业，只能在力所能及的情况下，编织一些竹器用品。

望着那双灵巧的手，我认为他编织的不仅是日用生活器具，更是经纬分明的美好生活线条。我相信他生命历程中的朝朝暮暮，一定不乏鲜活与精彩。

方绍田夸我有眼光，他自认为他在生命的历程中是努力过的，在一定程度上讲，也可以称得上是精彩过的。他拿出两个红本本，打开一看，是2017年和2018年连续两年被村里评为优秀共产党员的荣誉证书，他感到光荣和自豪。

他说他过去当过玉合村的村支书。虽然那已是上个世纪90年代的事了，但令他感到欣慰的是，他带领全村村民像他编织竹器一样，也编织过对美好生活的向往。我们党一直重视农村扶贫工作，那时也对贫困户、五保户进行过贴心到位的帮扶。他在引领村民外出务工增收和增强内生动力致富的过程中，也做了许多有益的工作。他把手一挥说，现在村里那么多的小洋楼，差不多一半都是那个时候修起来的。说到此处，他便停下话语，接着就叹出长长的一口气。在我的等待中，过了好一会儿他才继续说，不知是个什么缘故，他突然一下就患上了心脏病和高血压，因病情日益加重不能很好履职，才在1998年辞去了村支书职务。他说要是身体健康，肯定要一直带领村民继续前进，那将更有一番人生的精彩，做出一番成就。真是好汉怕病磨啊！卸职在家，他在老婆的照料下，静养好长时间才把病情稳定下来。正在他重拾信心欲干个什么种养项目的时候，好像是上苍故意要让他的命运历经磨砺和坎坷，不幸接踵而来。2007年，帮人建房的老婆突遭意外身亡，便留下孤身一人的他守候在家里。已出嫁他乡的两个女儿欲接他去共同生活，但他的根在玉合村4组那片大山里，老伴的坟茔还在那个松冈上，乡愁难了，他不可能再去往他乡。

在孤单的生活中，不光是疾病让他丧失了元气，春秋过往的无奈似乎也让他失去了坚强的力量和信心，苟延残喘的叹息不时就冒出来。2015年，村里通过评议，便把他纳入贫困户进行关怀，帮扶干部给他送来30只乌鸡进行饲养，村里还以21000元的D级危房改造标准，对他的土坯危房进行了改造。一系列的帮扶措施，让他大受感动，"你帮扶，我就爬"便成了他常挂在嘴边的一句感激话。同时，他想到自己是一名共产党员，过去又当过村里的村支书，虽在病痛的折磨中不能为大家做什么事，但面对党的关怀和政府的帮扶，他心里总有一道坎过不去。他决心通过发挥特长，努力摘掉贫困帽子。思来想去，他就想到了竹编手工艺品这条路子。他编织出的背篓可卖80元一个，筲箕可卖50元一个，只要身体吃得消，每样每月可编织近20个，收入可达1000余元。他还承担村里6公里的公路养护工作，每年可获得公路养护收入4000余元。另外，他又担任村里的联户保洁员，每年收入也在4000元以上。几项合计起来，每年增收就近2万元。2017年，他便主动申请脱贫，同时还把"不忘初心、牢记使命"铭刻在心中，始终用正能量的行动在村里带头，用充满感恩的语言，表达他对党和政府深沉真挚的情感。他常说，虽然自己身体条件不允许自己在未来的岁月中去干出什么惊人业绩，但位卑未敢忘忧国。这么大个国家需要花钱的地方太多太多，他决心尽自己全力去做事，以减轻党和政府的负担，他说这不仅是每个享受国家照顾的农民应该做到的，更是一名共产党员身体力行"不忘初心、牢记使命"的担当。

在辞别方绍田的时候，我回望着他站在地坝边的淳朴身影，这个边远山村的老党员形象在我心头瞬间高大起来。他亦如在广袤大地上负重前行、砥砺奋进的千千万万党员一样，在这场伟大的脱贫攻坚战中，默默奉献着自己的力量，平凡而又崇高，让人感动，令人敬佩。

# 龙溪茶香飘天外

　　龙溪，多么富有诗意的名字，当你真正走进那里的时候，会看到两岸大山高耸入云，除鸟儿能在欢快的歌唱中雄飞雌从飞过山顶外，莽莽苍苍的齐天横岳，顿时就会让你生出蜀道之难的嗟叹来。一条溪水蜿蜒流出峡谷，要不是硬化的水泥路沿水修筑，仅凭脚力，在一阵恐惧中，谁都不敢斗胆向里迈进半步。自古以来，山里人就在这里刀耕火种地生存繁衍。844户人家，2200名村民，像在世外桃源中，守候着这方净土，怡然自得地过着大山中的宁静生活。改革开放后，外面的春风也吹到了龙溪村这个深山峡谷，村民们迈着追寻美好生活的脚步，接二连三去往山外，去往大城市。在挥汗如雨的打拼中，尽管不少人混出了名堂，有的甚至还在大城市立住脚当起了老板，但对故土的怀念与乡情的难了，总是让他们想回到村里歇歇操劳的身子和奔忙的脚步。可是，当看到山坡还是山坡、老宅还是老宅的故园，便又觉得是不是该回来对其进行一番脱胎换骨的改造？可杂草丛生、蓬蒿过人的荒芜山地该又如何行耕种？特别是随着大山里生态环境的恢复，那些留守下来的日渐老去的父老乡亲，种出的所有庄稼，时常遭到野猪损坏，要不是在外务工的子女接济，哪里还生存得下去？这的确是山村与现代文明的碰撞、山里人与生态环境改善所面临的现实矛盾，在党和国家开展的脱贫攻坚战役中，这当是个值得细心谋划的大课题。在这样的自然环境中，龙溪村究竟该如何发展，究竟该如何脱贫致富奔小康，是摆在村两委和扶贫驻村工队面前的难题。

对肩负主体责任的村支书谭明清来说，那可是让其在多个夜晚辗转思考睡不着觉的难题。自2010年担任支书以来，他从没停止思考在村里因地制宜发展产业项目，虽然这里的田地少，但总不能任其荒芜下去。提高土地利用率，开发比种"三大坨"经济效益更高的项目，就是扶贫工作的最大创新突破，更是在大山里建树脱贫致富的最大丰碑。他一直以来没什么高大上的想法，就只想弄个什么不让野猪吃的项目。在村里召开的寻求产业发展讨论会上，人们七嘴八舌畅所欲言，却总是没能想出个什么好项目，堵在心头的愁绪，犹如胡乱打上的结，怎么解都解不开。那一天，他去4组入户走访，大热的天，在一阵翻山越岭中，他早已口干舌燥，村民李仁田递过来的一碗茶，让他陡生灵感。这茶产自李仁田地里的老茶树，是从他爷爷的爷爷手里传下来的。谭明清走南过北喝过不少的茶，但没想到那天喝到的茶是如此香甜，依稀想起卢仝的"一碗喉吻润，两碗破孤闷……"的《七碗茶歌》，就是在喝过这里的茶后唱出来的。为何不把这优质的茶叶项目发展起来呢？这茶叶是野猪糟蹋不了的呀！这真是令他喜出望外，他忙请来专家进行深度论证，最终取得了理想的论证结果。从此，谭明清就决定把龙溪茶作为主打产业，一心一意地要把这个产业发展起来。

2014年，他在镇党委的指导下，开始招商引资，与重庆市渝鸟林业有限公司董事长张孝胜多次进行发展茶叶产业的具体磋商，在达成协议后，于2014年把山上的村民全部搬下山，先期在4组流转1000亩土地，建起龙溪茶园。2015年，茶园再次扩大到2000多亩的规模，以重庆市皇硒茶叶和万州区龙驹镇铿毅茶叶两个专业合作社冠名，采取"龙头企业＋专业合作社＋农户"的产业联合发展模式，就把连岭成片、风景旖旎的现代化茶园建立了起来，开发出"三峡皇希"系列的贡芽、龙芽、翠芽和龙溪工夫茶、龙溪红等10多个品牌的绿茶和红茶。2017年，在重庆市第十二届"三峡杯"评比中，三峡皇希茶和龙溪工夫茶分别荣获金奖和特等奖。赓即龙溪工夫茶在2018年重庆市"巴味渝珍"第二届斗茶大赛中，荣获"重庆市十大优秀茶叶产品"和"重庆市五星冠军红"的殊荣。

龙溪的优质茶不仅誉满巴渝，也取得了较好的经济效益，而且对村里的脱贫带动作用也是空前的。2018年，三条加工线共生产茶叶60吨，实现产值2000余万元，向国家上缴利税450万元；带动415户、1200余人从事茶叶生产和提供劳务获得收入，占全村844户人家的49.17%。自2014年至2019年的5年间，靠发展茶叶产业就让村民增收750万元，户均增收3373元。特别是在对贫困户的帮扶中，通过入股合作社和参加茶园务工，除7户、19人老弱病残贫困户需要扶贫托底外，另外139户贫困户、406人均已实现稳定脱贫。并且，随着茶园的兴旺发展，脱贫成果将得到持续巩固。

为推动茶旅观光农业发展，支书谭明清与重庆市渝鸟林业有限公司张孝胜董事长做出规划，拟把茶园向全村进行推广建设，规划达到 5000 亩的规模。同时还按龙驹镇党委、政府的要求，充分发挥龙头企业的带动引领作用，以合作社的形式辐射周边村组，把龙溪茶园成为建设美丽乡村的重要产业基地。

2020 年 4 月 3 日，我到了龙溪茶园，集体劳动的场面出现在眼前，脸上荡起笑容的老大伯和老大妈都赞不绝口地说，谭支书引进的这个茶园办得好，不仅让遭野猪损害颗粒无收的土地取得增收的流转费，而且在家门口就可取得务工收入，一年挣上万多块，简直像天上掉馅饼。如果再把茶旅观光农业发展起来，还可开办农家乐，延伸的增收渠道将会更多，村民的梦想将会更加丰满。

茶浓之处，一曲采茶山歌调，满含着龙溪茶的秀雅神韵，定能甜透胸怀、香飘天外。

# 这个山弯里有故事

在龙驹镇龙溪村2组的那个山弯里，有幢风格别致的小洋楼，在小洋楼的侧面，紧挨着一幢修建于20世纪50年代的条石垒砌的二层民居，又把一份沧桑凸显出来。虽然在建筑风格上不可与小洋楼相提并论，但是映入眼帘，在现代文明与厚重乡土历史文化的连接中，却又显得那么相得益彰。特别是房前地坝大青石堡坎护栏上镂刻的"立功、立德、立言、育人、尽孝"十个大字，让人不由得从心底发出疑问，这当是大山里怎样的一户人家呢？正在疑惑之际，从石墙屋里迎出来的向庭贵，便主动向我介绍起来。他说这地方是他的祖宅，大炼钢铁时，为在小钢炉里炼出钢铁，老院就像这里曾经的主人一样，也把全部心血奉献给了伟大的革命事业。后为栖身，向庭贵便撤掉不能燃烧的老院石条，就在原址建起像碉堡似的二层楼房屋来。虽然老宅已经不在，但发生在这里的光辉故事，却令人敬仰与传颂。

在这样的一个山旮旯，能有什么神奇的故事值得敬仰与传颂？我持着怀疑的态度。也许向庭贵看出了我的心思，把我带上地坝，指着一条横幅让我看，只见上面书着"热烈庆祝龙溪地下党支部剿匪胜利70周年"的鲜艳大字，这是前两天由龙驹镇在这里召开的红色革命传统教育大会上挂出的。这里无疑是革命老区，是为中华民族谋解放的先驱留下铿锵足迹的地方。由于当年活动于此的地下党，像高天柱已壮烈牺牲在渣滓洞，活下来的也随时光流逝而去世了，很多的革命事迹，只能靠这遗落旧址上住着的地下党的后人进行转述，也要靠后来者对那段历史进行挖掘和抢救。

这里过去的旧宅一直住着向氏人家，在白色恐怖的年月，这里就是川东地下党龙溪支部的所在地。房主向光楣是川东地下党的老党员，其弟向光华担任过农会主席。在为中华民族的解放事业奉献中，他们在这里留下了永恒的红色记忆。尽管岁月在这里似乎斑驳了一切，但是那厚重的历史底蕴，亦如铿锵的旋律，回响天宇，经久不息。

端过板凳坐在地坝后，向庭贵还说他正在整理和搜集其父向光楣当年从事地下活动和川东地下党的事迹。妹夫吴伦源正在修建一座书院，拟将红色文化、农耕文化等用实物的形式来进行展示。由于地下党的有关史料还在梳理核实，向庭贵说不便外宣，只是书院建立情况可以让人先睹为快。

于是我便去了书院，恰因书院院长吴伦源到恩施州去开会了，就没能对他进行面对面的采访。只从名片中知道这位书院院长曾在湖北利川市担任过政策研究室和财经委贸易委员会主任，从副县级调研员岗位退下来后，还以中国少数民族作家协会会员等多重身份参加社会活动。如今，他与曾担任过多个乡镇党委书记的向庭贵进行分工协作，共同对龙溪革命老区红色历史文化、农耕乡土文化、国学传承文化等进行挖掘整理与传承，让几乎被风尘淹没的历史、将被人们淡忘的一切，能听之有声、看之有形、品之有味。

两层楼的陈列室，一层收集的是山里农耕文明时的磨、锄、篓、犁、耙等物件，近千件。在那些物件的斑驳与苍颜中，我们无不为先人们在艰苦生存环境中战天斗地的精神崇拜与景仰。同时也能清楚感受到中华民族传承的根和魂，更生出了对伟大民族的自豪感。去到二楼，上万册的书籍正待编号整理上柜，其中不少地下党的党史资料和红色文物还待做出梳理与归档珍藏。另外还有吴伦源发表过的作品和书信手稿，颇具励志教育价值。吴伦源的老伴向庭芬对我说，作为革命者的后代，有责任和义务把父辈们那段革命历史印记搜集传承下来，把革命老区的厚重历史和农耕文化传承下来；同时，在铭记住那段过往历史的时候，把这座书院办成红色文化、乡土农耕文化和人生励志的教育基地。

向庭芬的这番话让我很有感触，在眼下开展的脱贫攻坚实践中，我们不仅要彻底解决人民群众"三保障两不愁"的问题，更应在齐奔小康的通途中，用文化扶贫的理念和行动，及时发掘和抢救将被人们淡忘的历史记忆，以让红色文化、乡土文化和农耕文化，长存天地、永放光芒。

# 去掉"两张皮" 党建添活力

　　如何提升基层党组织的凝聚力和向心力，充分发挥其战斗堡垒作用，全力实现建设美丽乡村和推进脱贫攻坚目标，是万州区组织部派到丛木村担任第一书记的张大伟极为挂心的事情。他感到自己身为组织部派来的工作人员，在第一书记岗位上，应解决"两张皮"问题，做好党建谋发展，抓实党建促脱贫。

　　丛木村地处龙驹镇的大山深处，通到村里的那条公路，依稀就是通到了贫困边远山区的最后一公里。在村里人口老龄化突显的背景下，党员老龄化的情况也不可回避，33名党员，平均年龄达64岁，其中60岁以上的就有16人。

　　由于党员居住分散，加上"三会一课"坚持不好，组织活动开展少，组织生活朦胧模糊，组织建设便在村里流于形式。作为区委组织部派来的第一书记，若不把党建工作抓出成效，如何向村里党员交代？向满怀期盼的村民交代？

　　在村两委会上，张大伟说，丛木村是组织部帮扶的贫困村，必须在党的基层组织建设和充分发挥基层战斗堡垒作用上做出成效，从而以党建推动扶贫工作开展，让大家充分感受和认识到抓好党组织建设不是空喊的口号，不是流于形式的

"两张皮"。在征求全体党员意见后，他就拟出方案，决定把村里的党建工作抓出样子来。

一是以学、观、做的形式，创新"三会一课"学习方式，把课堂从会议室搬出去，搬到农家院子、田间地头和贫困户家中。在这样的学习环境中，让全体党员感悟他们究竟应该在村里发挥什么作用，为村里的美丽乡村建设和脱贫攻坚事业做出怎样的贡献，以便在思考中提高认识，在明白责任后激发动力。

二是建立激励机制，对每位党员履行职责情况进行计分量化考核。对村党支部每开展的一次活动，都采用一分制进行计分，对在出谋划策、好人好事、化解纠纷、排除风险、乡风文明等方面做出工作成绩的，每次加一分；对不履职、无故不参加支部活动的，每次扣一分。计分结果每月张榜公布，以接受群众监督。

三是认真树立每位党员就是一面旗帜的观念，时时处处把党员的先锋模范作用发挥出来，真正做到吃苦在前、冲锋在先，从而让党员在勇于奉献中，感受到共产党人的光荣和自豪。

四是落实文明乡风区域管理责任和对贫困户的帮扶。全村4个村民小组，每个村民小组的党员，就负责本小组的文明乡风建设、各种问题矛盾的先行化解、村民互帮互助的关怀、贫困户困难的排解等工作。同时，还建立起无职党员轮值参事制度，每周由3名无职党员到村里协助村两委开展党的政策宣传、村民来访接待、村民纠纷劝解等工作，让每位党员在作用发挥中，把"不忘初心、牢记使命"落实到实际的履职中，让奉献精神成为一种常态、固化的优秀习惯。

通过创新党建工作，丛木村村容村貌发生了很大变化。在村里不仅看不见白色垃圾，而且家家户户都打扫得一尘不染。特别是过去有的村民邋遢，没有叠被的习惯，但现在都叠得整整齐齐。这都得益于开展的一月一评的文明乡风竞赛活动，对文明卫生、团结和睦、尊老爱幼的光荣户贴红旗，由村里发奖状、香皂和毛巾给予表彰。对差评户上黑榜进行鞭策，并限期达到整改要求。

透过现象看本质，这样的文明乡风氛围激发了村民的自豪感和荣誉感，并在村民相互牵手、相互关爱中，把浓浓的乡村情怀展现了出来，让乡村焕发出春天般的神韵，喷薄出欣欣向荣的光芒。

来此参观的人们，在赞扬之余，完全没想到抓党建能抓出来这么好的成效来。而在探寻中发现的几个典型故事，无不铭刻到了大家的心里头。

——组织就是我的家。过去过组织生活，住在外地的党员往往就会缺席，长期请假现象屡见不鲜。自从村里加强党的组织建设后，外地党员的党性意识得到增强，参加组织生活，就像在外的游子回到家中那般充满温馨和向往。家住熊家镇的老党员谭秀吉自去年来，哪怕自己患有支气管炎和哮喘，每次的组织生活都从不缺席。从熊家出发到村里，有70多公里的路程，先要经五桥转车到赶场社区，再经赶场社区乘摩托车到村里，每次往返车费就得花去82元。他说："现在虽然有病，为社会和村里做不出什么大事，但是，作为共产党员的本分不能丢弃，过组织生活和参加支部活动可是我的本分，这个落下了还能称作是共产党员吗？我虽然不能挑不能抬，但我能用一种精神，永远走在加强党建工作的路上，并为之去做一些力所能及的事。身影不掉队，精神就不掉队，在群众中的表率作用仍可发挥出来。"就是他的这个表率作用，让村民在感动中，对共产党员竖起了大拇指。

——危急之处显身手。今年6月5日上午，突然乌云密布，狂风骤起，暴雨如注，横跨3组公路上的高压线突然被风刮断。电线落在公路上，电光闪烁，火星四溅，不时发出的爆炸声像鞭炮，颇为吓人。为防车辆和行人通过，村支书李福学一边叫保洁员李福芳绕道去到路前端拦住车辆和行人，一边忙搬去楼梯横在路中央，同时还安排村里专干及时向供电公司报告，要求断电和抢修。李福学和李福芳一直站在风雨中，一边等待供电公司抢修技术人员，一边劝返过往车辆和行人。雨太大，雨伞早已不起作用，两人被淋得浑身湿透，附近几名党员和村民见状，也立即加入劝返工作中。受到感动的村民说，共产党员这样挺身而出，他们也要来出一分力量。被拦住的车辆和行人，无不为之庆幸和感动，要是没有这些共产党员和村民冒雨相拦，一旦触及高压线，后果不堪设想。这些在关键时刻显身手的共产党员，当是生命之舟、平安之帆。

——倾其财力解急难。在丛木村2组，有位叫张正明的特困户，前年D级危房改造时，其厕所选择的是与邻居共同使用。今年3月，因邻居宅基地进行了复耕，这厕所就成问题了。过去的老支书，76岁的冉中伦知道后，就在2组发动党员和11户村民，出工出钱物，仅用3天时间就把厕所修好了，同时还按环保要求对灶屋进行了系统整修。冉中伦说："在没创新抓党建前，村民的凝聚力是不强的，在单打独斗的生产生活中，村民之间的交流往来少了，感情也日渐淡化。村里的一切事务，除了钱能把大家集中起来外，根本就别想一毛不拔地把大家召集到一起，更别想还要大家无偿出工又出钱。现在，互帮互助的精神又彰显出来了，村民们的情感又浓厚了，完全如同患难相扶和同舟共济的亲人。通过抓党建唤醒的中华民族传统美德的温暖亲情，是留守在村里的人，特别是老人们极其需要的，从而也让大家感受到了党的关怀和温暖。"

——堵水过年慰游子。在海拔900多米的丛木村2组，缺水一直是困扰在村民心头的痛点。几年前，一个煤矿挖通了大山，曾经的一汪泉水便从矿洞倒流去了山那边的长滩镇。从此村民吃水难了，再也看不见"筧水浮来桃花"的美景了，不得不担起水桶去洞里挑水吃。于是61岁的共产党员谭启和就去洞中挑石块，垒砌半人高的堵墙，再用黄泥巴砌缝，把水堵住让其回流到村里来。寒冬腊月，劳累在齐腰深的水里，直冻得他瑟瑟发抖，他没担心自己会因此生出毛病，想到的是那陆陆续续归家的游子身影能喝到他辛苦几天堵出来的家乡水，他的心头就会暖暖的，再冷的身子，也会在暖流中发热。这件事感动了村民，事迹到处传扬。村里得知消息后，第一书记张大伟和村支书李福学合计后，就号召全体党员用爱心捐赠方式集资万余元，在花去3000多元买来水泥和沙石去洞中砌上一道石墙后，一劳永逸地就把漏掉的水堵了回来，缺水吃的阴影才从村民的心头消除掉。为把捐赠的余款用好，村里又集中全体党员把集体的 5 亩土地进行了开垦，买来沃柑种苗进行种植，拟将实现的收入充实薄弱的集体经济。

面对 2020 年脱贫攻坚的目标，在基层党组织的坚强引领下，全村已脱贫的 75 户贫困户，能长效巩固脱贫成果，尚未脱贫的 9 户贫困户，通过全体党员的共同帮扶，一定能如期脱贫。到时，全面过上小康生活的丛木村，美丽乡村建设的面貌，将越来越青春、越来越绚丽。

# 防疫保净土　扶贫抓冲刺

　　"皇王劈议川湖界，四海立定楚蜀关。"这是重庆万州区龙驹镇与湖北谋道镇交界处，立于卡门上的一副门联。自古以来，两地的经济、文化、商贸和联姻往来频繁。因此，抵临边城的龙驹镇，便在岁月峥嵘中尽显风流。特别是新春佳节到来的时候，车水马龙、火树银花的繁盛景象，把人们的欢庆喜悦不断推向高潮。年年如是、代代不息。可是，在2020年春节到来的时候，除火树银花的灯影外，通街闭户、车无过往，与千百年来鞭炮轰鸣和烟花缤纷的热闹场景形成鲜明对比，这是因瘟疫肆虐不得不打出的一场防疫保净土的人民战争。

　　为确保这场战争的胜利，按照党中央和上级党委的部署要求，龙驹镇党委、政府深知与湖北接邻的重镇面临的压力和肩负的责任。为防控瘟疫传播，守好一方净土，龙驹镇毫不懈怠，一场没有硝烟的战争，就在这块边城土地上打响了，而在这个战场上，聚焦的一幕幕镜头令人感动。

　　镜头之一：前方在奋战　后方不添乱

　　在全国各地医疗大军赶赴武汉的时候，龙驹镇党委、政府高度认识到这场疫情一定不是那么简单的。在关注事态发展的同时，镇党委书记张凤政和镇长丁时成靠前指挥，及时从镇上抽出干部员工和召回扶贫队员 60 多人，组成镇村两级疫情防控网络。一是在很多地方张挂横幅，宣传疫情防控的行动号召，用视觉感观增强人民群众的防控意识。接着利用电视、广播和大喇叭宣传车，轮番滚动无死角地进行宣传，以让人民群众心头不存半点侥幸。二是及时启动村组社区楼院自主管理，在交通要口设立劝导站 40 个，劝导群众不串门、不聚会、不寻亲访友，各自待在家中防止病毒输入和带出。三是利用村组社区的微信群，建立互动防控经验交流平台，用正能量引导人民群众支持疫情防控工作，做到管住自己，监督好他人，不给国家添堵和添乱。四是建立流动需求服务机制，对每个家庭在防疫期需要的日常生活用品和物资，每日收集数据，由服务小组专人进行配送，从而消除在家预防的人民群众产生的恐慌心理。通过这些细致扎实的工作，让全镇人民明白当此十万火急的时刻，一切行动听指挥的必要性和重要性。亦如梧桐村村民方俊说出的这句话："在这场史无前例的人民战争中，我们必须顾全大局，切实做到前方在奋战，后方不添乱。"

镜头之二：保住一方净土　守护一方平安

大年三十以来，守护在各劝导点和防控关口的干部、党员和志愿者全都没休息。渴了喝口矿泉水，饿了吃碗方便面，困了路边打个盹。他们心里牢记着"生命重于泰山，疫情就是命令，防控就是责任"的号召，严防死守在渝鄂交界线上的每一道重要关口，严控人员和车辆出入。镇党办主任张梅花介绍："开始设控关口时，大家的心都高高悬起，因为严控车辆和人员进出，难免会发生矛盾纠纷。可是几天过去了，劝导不可进出的车辆4000余辆，行人9000余人，都没发生一起意外纠纷。设在318国道的进镇处，是由公安和村干部护守的防控点，也是疫情防控压力最大的关口。2月3日那天，20多辆车欲从万州驶向湖北苏马荡，经护守人员劝解，车主非常理解，就调头把车开了回去。"

临近黄昏的时候，被护守民警冯潇劝返的一辆大众小车刚掉转头，我就凑身过去问车主有什么想法。车主说要是在过去，他那个急性子就会使自己与大家讲理，或者还要吵架并引起冲突。可是在这个国难当头的时刻，他不仅没按要求待在家里防疫，而且还想到最危险的湖北那边去，若不听劝阻添乱，自己还是个人吗？天下兴亡，匹夫有责！话刚说完，他就踩上油门，一溜烟把车开走了。

我又去了宏福村的进村防控关口，看到一位50多岁的老大娘正在接受工作人员、镇人大副主席汪金欢的劝导。一旁的纠察队员向我介绍，这老大娘是从邻镇女儿家过春节回来的。因不知春节期间在她女儿家接触过什么人，所以就请她继续到女儿家去住上一些时间，等疫情缓解后再回来。

经过汪金欢的劝导，老大娘没再说什么，背起背篓就返身到女儿家去了。走出不远，我追上去探问不让回家有什么想法。老大娘说，没什么想法，家本来是想回去的。但经劝导，若是执意回家去惹出个什么乱子，人命关天，自己怎么都背不起这个罪名！无论如何都不能去做一个坏锅汤的螺蛳。我又问，若不是因为疫情，能听劝导不回家吗？老大娘向上提了下口罩说，若不是因为这么个大事，无论谁不让回家都不行，她会把他祖宗八代都骂出来。在为老大娘这话感到惊愕的同时，我也感动于我们的人民在大灾大难面前表现出来的通情达理和于平凡中展现出来的不平凡，以及举国上下同心协力不给防控疫情添堵添乱的自律与自觉。

镜头之三：舍我其谁　挺身而上

龙驹镇自春节前吹响防疫集结号以来，全镇党员干部和扶贫队员在舍我其谁的大无畏精神面前，坚决落实党中央和习近平总书记关于疫情防控工作的重要指示精神，挺身而上不退却。在全镇梳理出400多名需居家隔离的村民后，为不让大家产生恐慌并减少村民相互接触，全由党员和干部落实一对一情绪疏导、信息沟通和事务代理等工作。如灯台村专干林森，每天就对收集到的情况进行登记，利用自家车辆往市里送菜的机会进行所需物资采购，然后逐一配送到居家隔离村民的家中。虽然村民被隔离了，但半点都不缺亲情般的关爱与温暖。

面对点多面广和千头万绪的防控工作，人手严重不足的问题不断显现，不少普通党员就站了出来。他们舍小家顾大家，冲锋在一线，夜以继日筑起防护疫情的铜墙铁壁。在花坪村与湖北谋道镇朝阳村的重要交界路口，劝导点因一度抽不出人员值守，将无法发挥作用。关键时刻，花坪村老党员黄秀明主动请缨上阵，从大年三十开始，就对过往人员进行排查，对外来车辆细心劝返。黄秀明的儿子、大学生黄宇被父亲这种无私奉献的精神感动，也和父亲一起加入值守队伍，被誉为战斗在渝鄂交界最前沿防护线上的父子兵。

截至2020年2月5日，全镇由党员干部组成的乡风文

防疫保净土　扶贫抓冲刺

明纠察员、邻里守望劝导员、志愿服务代办员共计 562 人次。他们积极投身防疫一线，在 10 个检查站和 30 多个劝导点共排查劝返车辆 5000 余辆、行人 9000 余人，在广大人民群众的理解和支持下，筑起了一道保护人民群众生命健康的血肉长城。3 月下旬，疫情风险等级调低，龙驹镇未出现一例疫情病例报告。保住一方净土的龙驹镇，决战决胜脱贫攻坚工作赓即就迈上冲刺跑道，镇党委书记张凤政要求：一是疫情工作要继续严防死守，争取龙驹镇能持续成为没有疫情侵袭的一方净土。二是决战决胜脱贫攻坚工作要进一步加大力度，凝心聚力完美实现 2020 年全面脱贫的攻坚目标。

闻此，干部胸有成竹！群众信心满满！

# 后　记

　　这是记录脱贫攻坚伟大实践的一部报告文学集，这是发生在脱贫帮扶路上的 50 个呕心沥血的故事。在 2020 年决战决胜脱贫攻坚的关键时刻，中国农业银行重庆市分行派驻龙驹镇的扶贫干部张奎，把深入全镇 21 个村采写的脱贫帮扶故事著述出来，不仅是对脱贫攻坚这项伟大实践的隆重献礼，更是通过故事中的点点滴滴，真实生动地反映出这场彪炳千秋、光耀万世向贫困宣战的伟大壮举。

　　50 个扶贫典型故事，记录了重庆市各级干部为实现全面脱贫致富奔小康和乡村振兴的奋斗目标，通过扶"勤"、扶"情"、扶"智"与扶"志"，不断激活贫困户"你扶我就爬"的内生动力。在持续挥洒热汗的激情奉献中，把党和政府的温暖，真心实意送到了人民群众的心坎上，从而实现了贫困户整体脱贫和美丽乡村建设的目标。

　　翻开目录，信手挑选几个故事，就可看到在扶贫过程中，各级党委、政府、扶贫工作队帮扶部门和扶贫干部，情系山民、爱凝乡土的作为与担当。从《栽下梧桐树　引得凤凰来》的故事中，可以看到筑巢引凤发展产业致富，当是扶贫工作的重中之重，是实现产业带动人民群众持续增收致富典型故事中的典型；从《派来的和尚会念经》的故事中，可以看到扶贫干部在田间地头收获硕果的画面，美丽了乡村，富裕了百姓；从《用行动感恩 以增收圆梦》的故事中，看到自强不息、勇于奋发的贫困户，通过帮扶发展养殖业实现脱贫越线的满怀喜悦。还有身残志不残、脱贫不等闲的残疾贫困户，在帮扶中独辟蹊径越线致富的先进典范；有依托绿水青山发展康养和观光农业的回乡带头能人，在全面展开田园风光的图画中，带领家乡百姓齐奔小康的倾力善举；有通过小额扶贫贷款投入，利用资金的推动力，助推贫困户提速实现小康目标，笑逐颜开享受美好生活的画面……

总之，扶贫路上的故事很多，宛如春天的一支歌。2017年3月投身扶贫工作的张奎，先是在罗田镇折岩村担任扶贫第一书记。在发展扶贫产业和推动乡村振兴的工作中，他有过深刻的思考，写出《倾情服务"三农"，敢问路在何方》的理论研讨文章，在网络上发表后，曾引起极大的社会反响。此外，他还以折岩村的人物事迹为原型，写出扶贫中篇小说《捎信》，在《金融文坛》杂志上发表。2018年10月，在由中国农业银行重庆市分行派驻龙驹镇扶贫后，为讲好扶贫故事，他用心、用情、用力，把步履迈进全镇21个村的每个角落，提炼出50个扶贫路上的好故事，均在报刊和网络上发表。

面对这场伟大的脱贫攻坚实践，50个故事虽然微不足道，但完全可以从龙驹镇这个国家级贫困镇的侧面，反映出脱贫攻坚征程中，党和政府倾注的关怀和温暖。娓娓道来，铭刻的是历史，建树的是丰碑！

　　重庆三峡学院党委常委、副院长　　祁俊生
　　龙驹镇脱贫攻坚驻镇工作队队长
　　　　　　　　　　2020 年 6 月 28 日